彼得兔经典绘本

The World of Peter Rabbit

彼得兔经典绘本

（英）毕翠克丝·波特 著

杜可名 译

北京联合出版公司
Beijing United Publishing Co.,Ltd.

图书在版编目（CIP）数据

彼得兔经典绘本 /（英）波特著；杜可名译 . -- 北京：北京联合出版公司，2014.12（2020.6 重印）

ISBN 978-7-5502-1931-1

Ⅰ . ①彼… Ⅱ . ①波… ②杜… Ⅲ . ①儿童文学—图画故事—英国—现代 Ⅳ . ① I561.85

中国版本图书馆 CIP 数据核字 (2014) 第 284545 号

彼得兔经典绘本

著　　者：（英）毕翠克丝·波特
译　　者：杜可名
责任编辑：王　巍
封面设计：彼　岸
责任校对：赵宏波
美术编辑：李丹丹

出　　版：北京联合出版公司
地　　址：北京市西城区德外大街 83 号楼 9 层　100088
经　　销：新华书店
印　　刷：三河市鑫鑫科达彩色印刷包装有限公司
开　　本：720mm×1020mm　1/16　印张：27.5　字数：440 千字
版　　次：2014 年 12 月第 1 版　2020 年 6 月第 12 次印刷
书　　号：ISBN 978-7-5502-1931-1
定　　价：75.00 元

前言

PREFACE

在世界儿童文学的长廊里，活跃着一只最古老却最著名，最平凡却又最神奇，最顽皮而又最讨人喜欢的兔子——彼得兔。自从 1902 年首次在图画书中登台亮相之后，彼得兔、小松鼠金坚果、小兔本杰明、汤姆猫、点点鼠太太、小猪布兰德……这些小精灵便以不可抗拒的魔力一个接一个地闯进了数以千万计孩子的童年生活，成为照亮亿万儿童心灵的不朽经典。

大约 140 多年前，在当时世界上最繁华的城市伦敦的一个富有的家庭里，一个金发碧眼的女孩诞生了，她的名字叫毕翠克丝·波特（Beatrix Potter）。她的父母对孩子的保护意识过强，请来了家庭教师，教她写作和画画，所以她很少有机会和其他孩子一起玩耍。因为没有玩伴，波特和弟弟从小就养了各种小动物——兔子、狗、刺猬、青蛙、蜥蜴、小蛇、乌龟……在这些小伙伴的陪伴下，波特无忧无虑地长大了。波特非常喜爱孩子，富有童心童趣，常常用自编自绘的童话给朋友的孩子写信。1893 年 9 月的一天，波特以前的家庭教师 5 岁的儿子患了重病，为了安慰他，波特给他写了一封带图画的信："亲爱的诺维尔，我不知道该对你说些什么，就让我给你讲一个关于四只小兔子的故事吧，他们的名字叫作蹦蹦、跳跳、棉尾巴，还有彼得……"而这个故事的主人公彼得兔正是以波特的宠物兔子为原型的，它的名字叫 Peter Piper。

8 年以后，波特把这些信件借回来，着手准备把信里的故事和画作编成一本小书。1902 年 10 月，经过一番波折之后，绘本《彼得兔的故事》（The tale of Peter Rabbit）正式出版发行，这本巴掌大的小书很快风靡全国，获得了惊人的成功！从此，波特正式走上了图画书的创作之路，她又陆续出版了《格洛斯特的老裁缝》《小兔本杰明的故事》等绘本，这些故事的主人公基本上都是以波特养过的小宠物为原型的。"彼得兔"系列图书堪称绘本图书鼻祖，毕翠克丝·波特也因此赢得了世界性的声誉，被誉为"20

世纪初图画书领域内最出色的作家和画家"。

波特倾尽毕生心血,用乖巧玲珑的语言和精美生动的插图给孩子们创造了一个无比美妙的世界,那里有那么多可爱的动物形象:淘气又胆小怕事的彼得兔,冒失的小兔子本杰明,自作聪明的小松鼠金坚果,辛勤憨厚的刺猬温克夫人,喜欢捣乱的两只小老鼠,顽皮可爱的小猫汤姆,尖酸贪婪的老鼠大胡子塞缪尔,不谙世事又挺有主张的水鸭杰迈玛,大智若愚又心胸开阔的小猪布兰德……每一个主人公都各具特性,既呈现出鲜明的物性特征,又散发着人性的魅力。"彼得兔"系列故事包含了爱、亲情、友情与冒险等主题,向读者展现了一个爱意浓浓的童话世界。这些故事富有童真童趣,通过拟人化的动物反映了孩子们的天性,他们会亲密地把故事的主人公当成自己的小伙伴,并在故事中找到自己的影子;这些故事注重细节的描述,语言风趣幽默,让孩子们在阅读中时而会心一笑,时而开怀大笑;这些故事爱憎分明,抑恶扬善,具有鲜明的教育意义。

一百多年过去了,彼得兔,这只穿着蓝色外套、用两条腿着地走路的乡下小兔子,还是那么活泼可爱,就仿佛刚刚才慌里慌张地从菜园子里逃出来一样!"彼得兔"系列故事至今已被翻译成40多种语言在世界数十个国家出版发行,累计销量逾亿册。在英语国家中,几乎每个孩子都会有一两本"彼得兔"的故事,因此它更享有"世界儿童文学中的《圣经》"的美誉。

"彼得兔"不仅在文学界久负盛名,还逐渐成为芭蕾舞、音乐剧、电影、动画片等其他艺术领域的主角;以"彼得兔"形象为标志的外延产品已经发展成一个世界知名的儿童品牌;以"Peter Rabbit"命名的网站访问量惊人;世界各地还有自发组织的毕翠克丝·波特读者会。

本书收录了毕翠克丝·波特的全部作品,包括23篇童话和4首童谣,其中童话《狡猾的老猫》《狐狸和鹳鸟》和童谣《三只小老鼠》《小兔子的圣诞晚会》是作者生前未出版的作品。这27篇美丽的童话和童谣各具异趣,字里行间洋溢着深深的友情和浓浓的爱心;700多幅精美的图画逐页插配,与文字相映成趣,使诗文美与艺术美融会成具有哲思意味的梦一般的意境,给人以极大的艺术享受。

打开这本书,走近彼得兔和他的朋友们,你会发现,作者所给予我们的,绝不仅仅是一本书,而是一个广阔的世界,一种细腻的情感,一个美好的梦想,一片澄澈的心灵空间……

目录
CONTENTS

The Tale of Peter Rabbit

彼得兔的故事

（1902年）

　　在很久很久以前，有四只小兔子，他们的名字是：蹦蹦、跳跳、棉尾巴，还有一个叫彼得。

　　他们和兔妈妈住在一棵高大的枞树下的沙洞里，那里就是他们的家。

　　"亲爱的小宝贝，"一天清晨，兔妈妈对她的孩子们说道，"现在，你们可以到田野上去玩了，也可以顺着小路溜达；但是，千万别跑到迈克古格先生的菜园里去啊！你们的爸爸就是在那里出了事儿——他被迈克古格夫人捉住，最后被当成馅儿，放进了一个大馅饼里！"

"好了，你们去玩吧，
小心点。现在，我要出去
一趟了。"

于是，兔妈妈挎着小篮
子，拿着伞，穿过树林，到
面包坊去了。她买了一条黑
面包和五个葡萄干小圆面包。

蹦蹦、跳跳、棉尾巴都乖乖听妈妈的话，他们沿着小路去采摘野生的黑莓。

但是彼得很调皮，他立刻朝迈克古格先生的菜园跑去，并且从紧闭的大门下面使劲钻了进去！

在菜园里，他先
是尝了尝莴苣和菜豆，
然后又啃起了红萝卜。

不过，他吃得有
点不舒服，想去找一
些香芹来换换口味。

可是，当彼得绕过黄瓜架时，你猜，他看见了谁？是迈克古格先生！

迈克古格先生正跪在地上种着卷心菜。他一看见彼得，就猛地跳了起来，一边挥舞着耙子，一边追赶这只调皮的小兔子，嘴里还大喊着："站住，你这个小偷！"

彼得吓坏了，他跑遍了整个菜园也找不到出口，因为他忘记大门在哪边了。

他在卷心菜地里跑丢了一只鞋，另外一只鞋又被他落在了土豆地里。

丢了鞋子后，他开始用四条腿跑，这样反而跑得更快了。我觉得，他肯定能成功脱险了。不过，他那天运气太差，撞进了醋栗网。醋栗枝挂住了他蓝色上衣上的一颗纽扣，他怎么也挣不开。那可是一件新衣服，纽扣都是由黄铜做的，亮闪闪的。

彼得放弃了，他又恨又气，眼泪一下子涌了出来。这伤心的哭声被几只好心的麻雀听到了，他们飞到彼得身边，鼓励他："加油啊！一定要逃出去！"

这时，迈克古格先生带着一个筛子走过来，想用筛子罩住彼得。不过，彼得及时挣脱醋栗网，逃了出来，可他的蓝色上衣被树枝钩住了。

他跑进了一间工具房，跳进了一个喷壶里。如果不是里面装满了水，这还真是个藏身的好地方呢。

迈克古格先生断定，彼得就藏在工具房的某个角落里——没准就在花盆底下。他开始小心翼翼地逐个翻开那些花盆，仔细地查找。

过了一会儿，彼得突然打了个喷嚏——"阿嚏！"迈克古格先生立刻发现了他。

迈克古格先生想用脚去踢彼得，彼得却从一扇窗户跳了出去，还掀翻了三个花盆。这个窗口对迈克古格先生来说显得太小了，而且，他也追累了。于是，他又返回菜地，去干自己的活儿了。

现在，彼得终于可以坐下来歇歇了。他上气不接下气，吓得浑身哆嗦，而且也不知道到底该往哪儿走才好。刚才躲在那只喷壶里，他浑身都湿透了。

又过了一会儿，他慢腾腾地向前挪动了几步，察看周围的情况。

在菜园的围墙上，他找到了一扇小门。不过，门被锁上了。对一只胖乎乎的小兔子来说，门缝也太窄了，他根本就挤不出去。

这时，一只年迈的老鼠从门口的石阶上跑过，她在为住在林子里的一家子运豆子呢。彼得向她询问回到院子大门口的路，可她嘴里正塞着一颗大豌豆，什么话也说不出，只好冲彼得摇了摇脑袋。彼得又哭了起来。

后来，彼得试图找到穿过院子的路，可是他走得晕头转向。不久，他来到了池塘边，迈克古格先生就是在这里给喷壶灌水的。一只小白猫正坐在池塘边，目不转睛地盯着水里的几条金鱼。她的尾巴尖偶尔甩动一下，以显示她是个活物。彼得决定立刻走开，不想跟这只猫说话——因为他以前从表哥本杰明那里听说，猫的名声可不太好。

于是，他又转身向工具房走去。忽然，他听见不远处传来一阵锄头的声音——"噌——嚓，噌——嚓！"彼得慌忙钻进了灌木丛。

但是，他很快又壮着胆子从藏身处爬出来，因为并没有什么事情发生。他爬上了一辆手推车，偷偷朝外望去。彼得一眼就看见了迈克古格先生！他背对着彼得，正在挥动锄头挖洋葱，而不远处就是那扇菜园的大门！

彼得迅速跳下手推车，拼命地跑着，一直穿过那片黑醋栗的灌木丛。

彼得跑到大门边，迈克古格先生已经看见了他。可是彼得已经不在乎了，他从大门底下钻了出去，跑进了院子外的树林里。他终于安全了！

迈克古格先生捡起彼得的蓝上衣和鞋子，挂在了竹竿上，做成一个稻草人，来吓唬那些捣乱的山雀。

彼得一路上都没有停下来，甚至顾不得往后瞧一眼，直到跑回大树底下的家里。

他跑得实在太累了，一头栽倒在柔软舒服的沙地上，闭上了双眼。兔妈妈正忙着做饭。她看到彼得跑回家，身上却一丝不挂，感到非常纳闷儿。因为，这已经是彼得在两个星期里第二次弄丢上衣和鞋子了！

我不得不遗憾地告诉你们，彼得那天晚上病得不轻。

兔妈妈把彼得安顿在床上，然后煮了一些甘菊茶——这是彼得的药。兔妈妈还叮嘱彼得："临睡前，你要喝上一大勺。"

然而，蹦蹦、跳跳和棉尾巴吃了一顿美味的晚餐：有面包、牛奶，还有新鲜的黑莓。

2

The Tale of Squirrel Nutkin

小松鼠金坚果的故事

（1903 年）

这是一个关于尾巴
的故事。这条尾巴的主
人是一只红色小松鼠，
他的名字叫金坚果。他
的哥哥名叫闪特金，他
还有许多表兄弟，他们
都住在湖畔的树林里。

在湖中央，有一
个小岛，上面长满了
结坚果的灌木丛。在
灌木丛中，长着一棵
挺拔的空心橡树——
那里是猫头鹰老布朗
的家。

19

秋天一到，灌木丛中的坚果都成熟了，绿色的榛树叶也都镶嵌上了金边。金坚果和闪特金，还有其他小松鼠，一个个都钻出树林，跑到了湖边。

他们从树上扯下枝条，做成了木筏。然后，他们就划着木筏，渡过湖，前往猫头鹰的小岛，准备采坚果。

每只小松鼠都带着一个小口袋，拿着一把桨，划起了船。他们把尾巴高高地翘起来，好像给船撑起了风帆。

他们为老布朗带去了特别的礼物：三只肥硕的小老鼠。他们把礼物放在了老布朗家门前的台阶上。然后，闪特金和其他小松鼠一起朝猫头鹰深深地鞠了一躬，说道："老布朗先生，请允许我们在您的小岛上采摘一些坚果，好吗？"

金坚果的表现却有些失礼，他上蹦下跳，活像一个在枝头摇摆不定的红樱桃。他一边跳，一边唱道：

猜猜猜，猜个谜！
一个小不点，穿着红外衣！
手拿长棍子，嘴含圆石粒。
你要猜得出，奖你块银币。
　　　（谜底：红樱桃）

　这个谜语实在是老掉牙了，
所以布朗先生懒得理睬金坚果，
他闭上眼睛，继续悠闲地睡大觉。

　　　　　小松鼠们纷纷
往自己的口袋里装坚
果。到傍晚的时候，
他们就装满了口袋，
划着筏子回去了。

21

第二天早晨，他们又来到猫头鹰的小岛上。这一次，闪特金和其他小松鼠带来了一只肥鼹鼠，把礼物放在老布朗家的门口，并说道："布朗先生，请允许我们在这里再多采摘一些坚果，好吗？"

可是金坚果太失礼了，他上蹿下跳，还用一根荨麻草茎挠老布朗先生的痒，并且高声唱道：

老啊老布朗，
　猜猜我的谜！
　　何物在墙头，
　　　摇来又摇去。
　　你要敢碰它，
　　它就会扎你！

（谜底：荨麻）

22

这时，布朗先生猛地睁开眼，叼起鼹鼠，转身回屋去了。

他当着金坚果的面，"砰"的一下关上了门。不一会儿，树顶上升起了一缕淡蓝色的炊烟。金坚果透过锁孔朝房间里偷看，又唱开了：

房子能装满，洞也能装满，
你却不能够，装满一只碗！
（谜底：炊烟）

别的小松鼠都忙着在岛上四处搜寻坚果，装满他们的小口袋。只有金坚果例外，他摘了满满一捧红橡果和黄橡果，然后坐在一截榉树桩上，一边玩弹珠，一边紧盯着老布朗家的大门。

第三天，小松鼠们早早地起床，一起去湖边钓鱼。他们一共钓了七条肥鲤鱼，作为送给老布朗的礼物。然后，他们撑着木筏，渡过了湖面，把木筏停在猫头鹰岛的一棵歪脖子栗树下。

闪特金和六只小松鼠的手里各提着一条肥鲤鱼。只有金坚果两手空空，什么礼物也没给老布朗带。他径自跑在最前面，一边跑还一边唱：

原野上的人，
曾经问过我——
"茫茫的大海里，
有多少草莓果？"
"就像林中的青鱼一样多。"

这一次，金坚果说出了答案。不过，老布朗先生依然对猜谜没兴趣。

　　第四天，小松鼠们带来了六只大甲虫，作为献给布朗先生的礼物。在老布朗看来，这些甲虫美味又可口，就像李子布丁里的大李子一样。小松鼠们用树叶把这些甲虫卷成了小包裹，再用松针小心地扎住口儿。

　　金坚果还是老样子，扯着嗓子唱道：

老啊老布朗，猜猜我的谜！
西班牙的面，英格兰的馅儿，
下了场大雨，把它们搅一块；
装进口袋里，用绳把口儿系，
你若猜得出，戒指送给你！
（谜底：布丁）

　　金坚果这么唱可真荒唐，因为他根本就没有戒指可送！

　　其他小松鼠爬上坚果树，忙碌个不停。金坚果却在石楠树丛里收集了一些绒毛球果，并在上面插了许多松针。

25

第五天，小松鼠们带来的礼物是又甜又黏的野蜂蜜。他们小心翼翼地用手捧着蜂蜜，放在老布朗家的石板上。这时候，有的小松鼠还不由自主地舔食自己手指上的蜂蜜残汁呢！这些甘甜的蜜，可都是他们从悬崖边的野蜂巢里偷来的。

这一次，金坚果又是上蹿下跳，唱起了歌：

嗡嗡嗡！嗡嗡嗡！
我翻越小山顶，
遇上一群小精灵——
脖子金闪闪，
脊背黄澄澄。
小精灵，真美丽，
越过小山顶，
脚步急匆匆。
（谜底：蜜蜂）

老布朗先生白了他一眼，对这种胡闹一点儿也不感兴趣。

不过，他还是张开大嘴，把那些蜂蜜吃了个精光！

其他小松鼠呢，都忙着用坚果塞满自己的小口袋。只有金坚果蹲在一块大石板上，拿着一颗红山楂果和绿杉球果，玩起了保龄球游戏。

第六天是星期六。小松鼠们最后一次来到了湖心的小岛。他们用灯芯草编了一个小篮子，装着一个新鲜的鸡蛋，作为送给老布朗的礼物。

这时，金坚果飞快地跑在队伍的最前面，笑嘻嘻地唱着：

一个小胖墩，
躺在河中央。
一条白被单，
围在脖子上。
四十个医生，
四十个工匠。
手忙脚又乱，
无法扶端正！
（谜底：鸡蛋）

啊，这次老布朗先生对鸡蛋产生了兴趣。他睁开一只眼，看了看，不过马上又闭上了，一句话也没说。

金坚果越发放肆了，唱道：

老布朗啊老布朗！
马儿的缰绳，
马儿的笼头，
挂在厨房大门口。
国王的骑士，
国王的卫兵，
既拽不走马缰绳，
也拽不动马笼头！
（谜底：阳光）

金坚果跳上又跳下，就像一束闪烁的阳光。可是，老布朗还是一言不发。

金坚果又唱起歌谣来：

亚瑟骑士站船头，
断开锁链走上岸。
苏格兰国王力气大，
呼哧呼哧好像牛喘，
无法掉转亚瑟的船！
（谜底：风）

金坚果嘴里发出一声
呼哨，好像刮风一般。突
然，他竟然一下子扑到了
老布朗的头上！

就在一瞬间，乱作了
一团：扑打夹杂着挣扎，最
后还有一声凄厉的惨叫！

这时，其他小松鼠都
吓坏了，飞快地钻入了灌
木丛。

过了一会儿，他们纷
纷从灌木丛中探出头，向
大树上张望。老布朗仍然
端坐在门口的石阶上，安
详地眯着眼，好像什么事
情都没有发生。

其实，这时的金坚果已经
被他装在了口袋里！

讲到这里，这个故事似乎该
结束了，可事实上——

老布朗把金坚果带回屋里，
关上了门，然后拽着金坚果的尾
巴，准备剥他的皮。金坚果拼命
挣扎，竟然把尾巴挣断了！趁此
机会，他冲上楼梯，钻过天窗，
逃了出来。

现在，如果有人在哪棵树上
遇见金坚果，请他猜谜语，他肯
定会一边丢树枝，一边跺着脚大
叫："去，去，去！一边儿去！"

3

The Tale of Gloucester

格洛斯特的老裁缝

（1903 年）

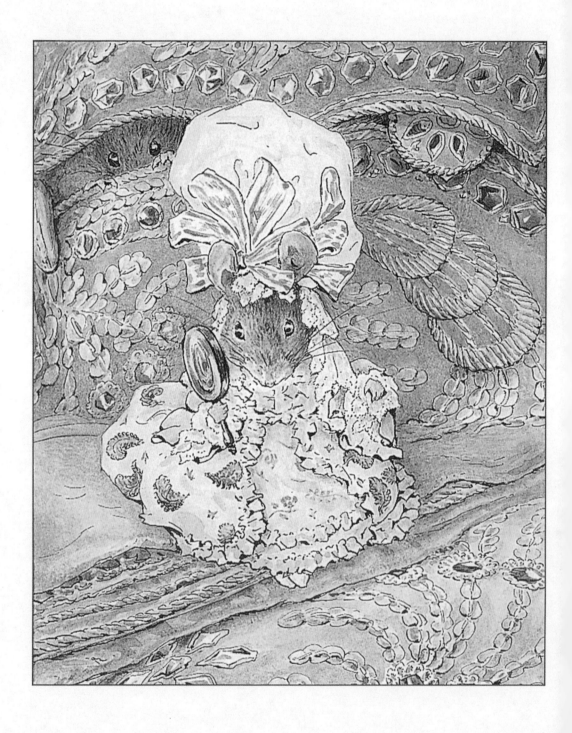

在很久以前，人们喜欢腰佩长剑，头戴卷曲的假发，穿着荷叶垂边的蓬松裙子。那时，绅士们穿着带毛领、蕾丝金边的绸衣和用凸花丝织的马甲。在一个名叫格洛斯特的城市里，住着一个老裁缝。

这个老裁缝在城西门的大街上开了一家小铺子。从早到晚，他就盘着腿，坐在小铺子的窗下，在一个大工作台上不停地工作着。

每天，只要还有一丝亮光，他就一直在缝缝剪剪，把那些光滑的缎子拼合在一起，或是制作一些闪闪发亮的丝带。

在格洛斯特的老裁缝生活的那个年代，所有的料子都有稀奇古怪的名字，而且非常昂贵。

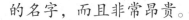

虽然他总在用上乘的丝绸给人们缝制衣裳，可他自己却非常贫穷——这是一个戴眼镜的小老头，他面色苍白，手指苍老而弯曲，衣服破破烂烂。

他裁剪料子时，从不浪费，即使是裁绣花布，最后留在台子上的也只是一些非常小的边角料和碎布片。不过这些布头太小了，什么也做不了，只够给老鼠做马甲。

圣诞节快到了。在一个极为寒冷的冬日，老裁缝开始给格洛斯特的市长缝制一件外套和奶油色的缎子马甲。那件外套上要绣出三色紫罗兰和樱桃红的玫瑰凸纹。

老裁缝一边不停地忙着，一边喃喃自语："布料窄得可怜，而且还要交错裁剪，一点富余的料子也没有；给老鼠做披肩，还是缎带呢？看来，只够给老鼠用的！"

雪花漫天飞舞，扑打着玻璃的小窗格，房间里渐渐昏暗起来。

这时，老裁缝结束了一天的工作，拾起所有的绸缎裁片，一层层地摊放在台子上。

这些碎片包括：十二个外套的裁片和四个马甲的边角料，还有些衣袋盖子、袖口和扣子。

一切都准备好了。衬里用上等的黄色丝绸，马甲上的扣眼用樱桃红的锁边丝线，其他的都留着明天早晨再缝吧。真是万事俱备，就差一卷樱桃红的锁边丝线了。

老裁缝走出了铺子，锁好门，把钥匙带在身上，渐渐消失在漆黑的夜里。在夜里，没人住在店铺里，除了那些棕色的老鼠，他们不用钥匙就可以自由地进进出出。

在格洛斯特，几乎所有老房子的木制壁板后面，都隐藏着老鼠的小阁楼和隐蔽的活板门。通过这些狭长的过道，老鼠们就可以挨家挨户地乱窜，跑遍整个城市。

老裁缝离开他的铺子，拖着疲惫的身子，踩着积雪，走回了家——那是格林学院旁的一间小屋子，因为他太穷了，只能租下一个简陋的厨房。

老裁缝孤身一人，只有一只猫跟他做伴，那只猫的名字叫辛普金。

每天裁缝在外面干活，辛普金看家。辛普金也很喜欢老鼠，不过他可不会给老鼠做衣服！

"喵！"每当老裁缝推开门的时候，辛普金就会叫一声。

老裁缝回应说："亲爱的辛普金，我们时来运转了。不过我现在累极了，什么都不想干。来，拿着这四便士——我们就剩下这点钱了，再带上一个小桶，去买

一便士面包、一便士牛奶，还有一便士的腊肠。哦，对了，辛普金，最后的一便士，请给我买回一束樱桃红色的丝线。千万不要把最后的那个便士弄丢了，辛普金。不然我就完了，没有丝线我就功亏一篑了。"

辛普金又"喵"了一声，就带着仅有的四便士和小桶，走出了房门，消失在漆黑的夜幕中。

老裁缝疲惫而虚弱，已经开始生病了。他坐在火炉边，念叨起那件精美的外套来："啊，我就要赚大钱了——格洛斯特的市长要在圣诞节上午结婚，他在我这里预订了一件外套和一件绣花马甲……用黄丝绸做衬里……丝绸够用了，但是没有多余的边角料给老鼠做披肩了。"

这时候，老裁缝吃了一惊。从厨房另一边的碗柜那里，突然发出了一阵奇特的声音，打断了他的遐想：

滴答，滴答，滴答答！

"到底是怎么回事？"老裁缝说着，从椅子上跳起来。那个碗柜里放满了瓦罐、瓷壶和画着柳树的盘子，另外还有一些大大小小的杯子。

老裁缝走过去，静静地靠近碗柜，一边仔细聆听，一边透过他的镜片，小心翼翼地窥视起来。这时，茶杯下又传来奇怪而微弱的声音——

滴答，滴答，滴答答！

"这简直太奇怪了。"格洛斯特的裁缝说道，顺手掀开一只倒扣的茶杯。

这时，一位活蹦乱跳的老鼠女士跳了出来，对着老裁缝恭恭敬敬地行了个礼！接着，她跳下碗柜，钻进壁板底下，不见了。

老裁缝又坐回火炉边，一边烤着自己冻僵的双手，一边小声嘟囔着："马甲是用樱桃红色的软缎子裁剪的——马甲上的玫瑰花蕾是用精美的丝线在绷子上绣出来的！我把最后一点钱都交给了辛普金，这样

做没有什么不妥吧？还有，要用樱桃红色的丝线来缝扣眼！"

可这时，碗柜那边又传出了一阵细微的声响：

滴答，滴答，滴答答！

"这简直太奇怪了！"老裁缝说着，又翻开另外一个倒扣的茶杯。

这一次，出现在他面前的是一位老鼠绅士。他很有礼貌地向老裁

缝鞠了一躬。

然后，整个碗柜里传出了细碎而嘈杂的敲打声。这些声音汇集起来，好像破败的百叶窗上爬满了乱哄哄的小甲虫——

滴答，滴答，滴答答！

茶杯、碗、盘、盆底下，钻出了一只又一只的小老鼠。他们跳下碗柜，都消失在了壁板下面。

老裁缝靠近火炉坐下来，盖上炉盖，叹息道："我的二十一个扣眼，都要用樱桃红色丝线锁边。星期六下午就要全部做完啊，可今天已经星期二了。我怎么会放走那些老鼠呢，他们可是辛普金的美餐呀！啊，我做不成了，因为我没有丝线了！"这时，那些小老鼠又跑了回来。他们都竖着耳朵，听老裁缝说话。他们对那件华丽的外套非常感兴趣，便打量着上面的花纹。然后，他们窃窃私语着，谈论起丝绸的衬里，还有小老鼠的披肩。

突然，那些小老鼠一哄而散，跑向木壁板后面的秘道。他们尖声叫唤着其他的伙伴，从一户人家跑向另一户人家，就像穿行在屋子之间一样。

当辛普金回来的时候，厨房里的老鼠已经一只也不剩了。

辛普金推开房门，跳进厨房，嘴里气呼呼地咕噜着，就像每一只愤怒的猫一样。他非常讨厌雪，可

现在雪不但灌进了他的耳朵，还灌进了他脖子后面的衣领里。辛普金把面包和香肠放在碗柜上，然后耸了耸小鼻子，闻了闻。

"辛普金啊，"老裁缝说，"我的锁边丝线呢？"

辛普金没吱声，他放下那桶牛奶，跳上碗柜，疑惑地看了看碗柜上的茶具。本来，他打算享用一顿香喷喷的肥鼠晚餐！

"辛普金，"老裁缝问道，"我的丝线呢？"

可是，辛普金把一个不起眼的小包悄悄塞进了茶壶里，还龇牙咧嘴地向老裁缝咆哮起来。如果这时辛普金能开口讲话，他一定会说："我的老鼠呢？"

"完了，我彻底做不成了！"格洛斯特的老裁缝失望地说，垂头丧气地上了床。

整整一夜，辛普金发疯一般搜遍了厨房的每个角落——碗碟柜的每个格子，木壁板的下面，还有那个藏丝线的茶壶。可是，这些地方连一只老鼠都没有！

老裁缝在睡梦中喃喃自语着，辛普金则恨恨地"喵呜"大叫，就像猫咪们在晚上吵架一样。

可怜的老裁缝病得很重，还发着高烧。他躺在床上不住地翻来覆去，在睡梦中还念叨着："我

没有丝线了！我没有丝线了！"

老裁缝整整病了一天，然后是第二天，第三天——那件漂亮的樱桃红色的外套该怎么办呢？在城西门大街的裁缝铺子里，绣花丝绸和软缎已经裁剪好了，都整齐地摆放在工作台上呢——还有二十一个扣眼，谁能够把它们缝好呢？裁缝铺子关上了窗，门也紧锁着。

不过，门窗可挡不住那些棕色的小老鼠。要知道，在格洛斯特所有的老房子里，小老鼠们可以自由出入，根本不需要什么钥匙。

人们照例踏雪去赶集，买来鹅和火鸡，制作并烘烤圣诞馅饼。不过，对于可怜的辛普金和格洛斯特的老裁缝来说，他们不会有什么圣诞晚餐了。

老裁缝病倒在床上，足足有三天了。一转眼，已经是平安夜，圣诞节就要到了。月亮升到了空中，渐渐爬上了屋顶和烟囱，洁白的月光洒到学院路和其他街道上。在这座城市中，所有的窗前都熄灭了灯光，所有的房间都静悄悄的。在茫茫大雪中，整座格洛斯特城仿佛也进入了梦乡。

辛普金依然念念不忘他的老鼠，急得站在床边"喵喵"叫。

有一个古老的传说：所有的动物都会在平安夜和圣诞节那天早上开口说话——虽然，几乎没有人听到过，或者说没有人能够听懂他们说些什么。

当教堂的钟声敲响十二下的时候，一切都会被验证，就像钟声的回响——辛普金听懂了，他冲出了老裁缝家的房门，焦躁地在雪地上走来走去。

这时候，格洛斯特所有的屋顶、山墙以及老木头房子，发出了无数欢乐的祝福，并汇成了古老的圣诞歌曲——有一些古老的圣诞歌曲我听过，仿佛是惠灵顿的钟声，而有些我还不懂它们的含意。

最先高歌的是公鸡："夫人，快起床吧，该烤圣诞馅饼啦！"

"哦，够了！够了！够了！"辛普金叹息着。

这时，一个小阁楼里灯火通明，里面传出了阵阵舞曲，整个城市的猫都赶来了。

"嗨，跳起来，舞起来，猫拉着小提琴！全城的猫都赶到了这里，尽享快乐——除了我！"辛普金说。

在木头屋檐下，八哥和麻雀正为圣诞馅饼放声歌唱。在教堂的塔楼上，寒鸦醒来了。

尽管是在午夜，画眉鸟和知更鸟也不禁一起歌唱；空气中到处弥漫着鸟儿们婉转和谐的鸣叫。

不过，这一切只会让饥寒交迫的辛普金更加恼火！

让辛普金最恼火的是，从某个格子窗里传出了微弱的尖叫。我想，那肯定是蝙蝠的声音。因为他们总是发出尖叫，尤其是在这种漆黑的寒夜。他们在梦中低语，就像格洛斯特的老裁缝的喃喃低语一样。

他们的梦话是那么的神秘，似乎在说：

> 蓝色的苍蝇，嗡嗡嗡；
> 金色的蜜蜂，嗡嗡嗡；
> 蝙蝠的叫声，也动听。

辛普金马上走开了。他抖了抖两只耳朵，好像有一只蜜蜂飞进了他的帽子。

这时，从城西门大街的裁缝铺子里照出一片亮光。辛普金轻手轻脚地走过去，透过窗户，偷偷往里看。屋子里点满了烛火，剪刀在嚓嚓作响，碎布片、线头扔得满地都是。小老鼠们正忙得热火朝天，一边忙还一边欢快地唱道：

> 二十四个裁缝，
> 捉呀捉蜗牛。
> 当中最强壮的人呀，
> 也不敢去拽蜗牛的尾巴。
> 它伸着两只长触角，
> 就像苏格兰小母牛的长犄角。
> 快跑呀，裁缝！
> 快逃呀，裁缝！
> 要不然，
> 蜗牛把你们全吃掉！

小老鼠们唱完，连大气也不喘一下，又继续唱道：

筛一筛，姑娘们的麦片，
磨一磨，姑娘们的面粉。
扔进了一个栗子，
让它待一个时辰。

"喵！喵！"辛普金使劲地抓挠着门，这个举动打断了小老鼠们的歌唱。只不过，钥匙还在老裁缝的枕头底下，辛普金无论如何也进不去。

小老鼠们大笑起来，又换了一首：

三只小老鼠，坐在洞里纺纱。
猫儿走过来，偷偷往里看。
你们在干啥，勤快的小家伙？
我们嘛，在给绅士做衣裳。
我可以进来，帮你们咬线头。
哦，不不，好心的猫小姐，
你会咬掉我们的头。
别拿我们当傻瓜！

"喵！喵！"辛普金大叫着。
"喂，请安静，听我们唱歌好不好？"于是，小老鼠们又唱道：

亲爱的宝宝，
听我把歌唱。
伦敦大富商，
穿着红衣裳。
金丝镶金领，
快乐把船开。

小老鼠一边唱，一边用顶针打着拍子，可辛普金一首也听不进去。他耸着小鼻子，对着大门"喵喵"叫：

让我来买吧，
让我来买吧。
一个皮普金，
一个普皮金；
一个斯洛普金，
一个洛斯普金。
说了这么多，
我只出一个子。

"那就放到厨房的橱柜上！"一个粗鲁的小老鼠补充道。

"喵！喵！"辛普金在窗台上使劲地抓挠着。

突然，正在唱歌的小老鼠们一下子跳了起来，急促地叫道："没有丝线了！没有丝线了！"

然后，他们拉下百叶窗，把辛普金独自留在了外面。

不过，透过百叶窗的缝隙，辛普金看到小老鼠们敲打着顶针，尖着嗓子叫道："没有丝线了！没有丝线了！"

辛普金离开裁缝铺子，一边往家里走，一边想着心事。可怜的老裁缝已经退烧了，正安详地睡着。

辛普金踮着脚，轻轻地走到碗柜旁，从茶壶里取出了那小包丝线。在洁白的月色下，他细细地看着。想想那些善良的棕色小老鼠，他不禁为自己的卑劣行径感到十分羞愧。

第二天清晨，老裁缝一觉醒来，一眼就看到了那卷樱桃红色的丝线。那卷丝线躺在他拼缀起来的被褥上，而辛普金正满面羞愧地站在他的床边。

"唉，我虽然很不幸，"老裁缝说，"可我毕竟有丝线啦！"

老裁缝穿衣下床，走到了屋外。阳光照在雪地上，反射出耀眼的光芒。辛普金跟在主人后面，一同上了街。

八哥在烟囱上鸣叫，画眉和知更鸟也在歌唱——不过，他们各唱各的，跟夜晚唱的完全不一样。

"唉，"老裁缝说，"我现在已经有丝线了，可是我……我连做一只

扣眼的时间和力气也没有了。现在，已经是圣诞节的早晨了！格洛斯特市长中午就要举行婚礼了——可是，他那件樱桃红色的外套怎么办呢？"

老裁缝打开城西门大街的那间裁缝铺子的大门。辛普金马上跑了进去，就像一只猫满心期待着捕捉到猎物一样。

可是，房间里什么都没有！那些棕色的小老鼠，全都跑光了！

但是，在那张工作台上——

"哇，太好了！"老裁缝惊喜地喊道。
那里，就是他摆放绸缎片的地方，此
刻正躺着一件最漂亮的外套，还有
一件绣花的凸纹马甲。那绝对会是格
洛斯特市长最满意的衣裳！在外套前
面，绣着玫瑰和紫罗兰，而马甲的前
面，则绣着矢车菊和罂粟花。

　　除了一个樱桃红的丝线扣眼没
锁边，所有的工作都出色地完成了。
在那个未完成的丝线扣眼上，还别着
一张小纸片，上面用非常非常细小的
笔迹写着：

　　没有锁边丝线了。

　　从那以后，格洛斯特的老裁缝时来运转了，他的身体越来越健
康，生活也富裕起来了。

　　他不但为格洛斯特的的富商们缝制最漂亮的马甲，还为全国最尊
贵的绅士们缝制最漂亮的外套。

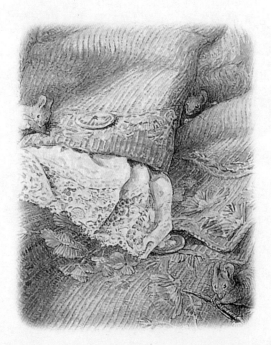

　　啊，从没有人见过这样优美
的褶边，还有那些精美无比的绣
花袖口和垂边！尽管如此，那个
扣眼才是当之无愧的极品！

　　这些扣眼的针脚是多么细致
灵巧啊！——我简直无法想象：
一个戴眼镜的老裁缝，用他那弯
曲变形的手指戴着一只顶针，竟
然能创造出如此美妙的饰品！

　　那些扣眼的针脚是那么精
细——简直太精细了！它们看上
去，就像是一群小老鼠的杰作呢！

4

The Tale of Benjamin Bunny

小兔本杰明的故事

（1904年）

一天早上，一只名叫本杰明的小兔子悠闲地坐在河岸上。

他竖起耳朵，听到一阵嗒嗒的马蹄声传来。

一辆双轮马车沿着大路飞奔而来。迈克古格先生赶着马车，迈克古格夫人坐在他身旁，头上还戴着一顶十分漂亮的无边女士帽。

迈克古格先生的马车刚刚过去，小兔本杰明就从河岸上跑下来，马上去找他的亲戚了。他的亲戚就住在迈克古格先生菜园后面的树林里。

在那片树林里，到处都是兔子的沙洞。在最干净的一个沙洞里，住着小本杰明的舅妈和他的四个表兄弟姐妹——蹦蹦、跳跳、棉尾巴，还有一个是彼得。

兔夫人是一个寡妇，她靠织兔毛手套和绒线暖手笼为生——有一次，我还在集市上买了一双她织的兔毛手套呢。她也卖香草、迷迭香茶以及兔子牌烟草。人们管这种兔子牌烟草叫薰衣草。

其实，小本杰明不太想见他的舅妈。他从一棵冷杉树后绕过去，却差点踩到表弟彼得的头上。

彼得正一个人坐着，身上裹着一条红色棉手帕，看上去样子很可怜，心情也不太好。

"彼得，你的衣服呢，怎么穿起红手帕来了？"小本杰明低声问道。

"我的衣服被迈克古格先生拿去，给稻草人穿上了。"彼得回答。于是，他讲了一遍他在菜园里怎么被追得到处跑，弄丢了外套和鞋子。

小本杰明在表弟身边坐下来。他马上就有了主意，并向彼得保证：迈克古格夫妇已经赶着马车出门了，而且看样子，他们肯定会在外面待上一整天，因为迈克古格夫人戴着她那顶最漂亮的帽子呢。

彼得说，他真希望今天能下雨。这时，从兔子洞里传来兔夫人的声音："棉尾巴！棉尾巴！再去摘些甘菊花来。"

彼得说，出去散散步，他的心情或许会好些。

于是两只小兔子手牵着手，来到树林，爬到了平坦的墙头上。从这里往下看，就是迈克古格先生的菜园了。他们一眼就看见，稻草人身上正穿着彼得的外套和鞋子，头上还顶着迈克古格先生的一顶旧帽子。

小本杰明说："从门下挤进菜园，会把衣服扯破的，我们还是顺着梨树爬下去好了。"

彼得从梨树上滚下来，头却先着了地。还好，没出什么意外，因为下面的苗圃刚翻过，土质很松软。

那里已经种上了莴苣。

在苗圃里，两只小兔子留下了很多小脚印，特别是小本杰明，因为他今天穿着一双木屐。

小本杰明建议，应该先去取回彼得的衣服，因为那块手帕或许还有其他的用处呢。

于是，他们把彼得的外套和鞋子从稻草人身上扒下来。由于夜里刚下过雨，鞋子里还有水，外套也因为缩水而变小了。

小本杰明试着戴了一下那顶旧帽子，可对他来说，那顶帽子太大了。

小本杰明又提议，他们应该用红手帕装些洋葱，送给舅妈当礼物。

彼得还是感到不自在，甚至有点紧张，他总是听到四周有动静。

小本杰明可不像表弟彼得，他像在自己家里一样随意，还大模大样地扯下一片莴苣叶子放在嘴里咀嚼起来。他说，他已经习惯了跟着爸爸光顾菜园，然后摘些莴苣拿回家，作为星期天的晚餐——小本杰明的爸爸就是老本杰明先生。

不错，新鲜的莴苣当然好吃。

不过，彼得可没心情吃东西，他只想快点回家。因为走得急，手帕里的洋葱已经掉了一半。

小本杰明说，他们带着手帕里的洋葱，不可能顺着梨树爬出去了。于是，他大摇大摆地带着彼得，来到了菜园的另一头。阳光照在红砖墙上。他们沿着红砖墙下由厚木板铺出的一条小路走过去。

一群小耗子正坐在家门口的台阶上敲樱桃核吃，假装没看见小本杰明和彼得。

这时，彼得的手帕又松开了，洋葱又掉了几个。

他们走进一个堆满花盆、木架和水桶的地方。这时，彼得似乎听到一种非常可怕的响动。他简直吓傻了，眼睛瞪得像一对棒棒糖！

他突然停下脚步，刚好在表哥前面几步远的地方。

在拐角处，小兔子们看见了可怕的一幕！

说时迟，那时快。小本杰明只看了那个东西一眼，就立刻拉着彼得，带着洋葱，藏到了一个大箩筐下面……

那只猫站起身，伸了伸懒腰，走到大箩筐跟前，耸了耸鼻子，闻了闻，然后就一屁股坐在大箩筐顶上，不肯下来了。那只猫为什么会这样做呢？也许，她喜欢洋葱的味道吧。

没想到，她这一坐，就是整整五个小时！

很遗憾，我没法画出彼得和小本杰明在大箩筐底下的情景，因为里面太黑了，洋葱的气味是那么刺激，两只小兔子的眼泪都流出来了，他们实在太难受了！

太阳转到树林后面去了，夜色降临了。可是，猫仍然坐在大箩筐上，一动也不动。

终于，一阵嗒嗒声传了过来，从墙头上还落下一些烟灰。

猫抬头往上一瞧，只见兔子老本杰明昂首阔步地走在墙头上。

他嘴里吸着兔子牌香烟，手里还拿着一根小鞭子。

看样子，他正在四处寻找自己的儿子。

老本杰明先生一向不把猫放在眼里。

他从墙头上一跃而下，手起鞭落，把猫赶下大箩筐。他又抬起一脚，把猫踢进了温室，还从她身上抓下一撮猫毛。那只猫完全被吓傻了，忘了反抗和还击。

老本杰明先生把猫赶进了温室，顺手锁上了门。

接着，老本杰明先生走回箩筐边，拽着小本杰明的耳朵，把他拉出了箩筐，举起小鞭子，狠狠地教训了他一顿。

然后，他又把彼得拉出了箩筐。

小本杰明和彼得走在前面，老本杰明提着那包洋葱，大步流星地走在后面。他们一起走出了菜园。

半个小时后，迈克古格先生回来了，他发现了几件不可思议的事情。

看来，有人在他们外出的时候走进了菜园，并在菜地上留下了许多脚印，特别是穿着木屐的脚印，简直小得可笑。

还有，他实在想不明白：猫是如何把自己关在温室里的呢？温室的门居然还是从外面反锁的？

小彼得回到家，妈妈原谅了他，因为儿子找回了自己的鞋子和外套，这令她很高兴。棉尾巴和彼得叠好了手帕。兔妈妈把洋葱用线穿起来，挂在厨房的天花板上，和那些药草、兔子牌烟草挂在了一起。

5

两只顽皮的小老鼠的故事

（1904年）

从前，有一座漂亮的玩偶小屋。小屋的红砖墙上嵌着白窗子，还有细棉布窗帘、一扇大门和一个烟囱。

玩偶小屋有两个主人：一个叫露辛达，一个叫简。露辛达虽然住在这里，却从不做饭。简是一名厨师，可她也从没做过饭。她们都是从外面买来现成的食物，装在一个铺满刨花的盒子里。

盒子里装着两只龙虾、一只火腿、一条鱼、一个布丁，还有一些梨和橙子。这些食物和盘子是连在一起的，看上去相当精美。

一天早晨，露辛达和简乘着玩具车出门了。屋里没有人，安静极了。不久，靠近壁炉的墙角传来一些噼噼啪啪的声音，壁板下露出一个小洞。小老鼠大拇指汤姆小心地从洞中探出头，看了看四周，又把头缩了回去。

一分钟后，大拇指汤姆的妻子亨卡蒙卡也把头探了出来。看到屋里没有人，她就大胆地从洞里走了出来，站在煤箱旁的油毡上。

玩偶小屋就坐落在壁炉的对面。两只小老鼠小心地穿过壁炉前的地毯，来到玩偶小屋门前。哈，门没有关严实。两只小老鼠爬上楼梯，朝餐厅偷看。啊，他们眼前一亮，发出了快乐的尖叫！

桌子上摆着一顿丰盛的晚餐。桌子上有锡制汤勺、铅制叉子和小刀，桌子旁还有两只小小的玩具椅——万事俱备啊！

大拇指汤姆坐了下来，开始切火腿。火腿的表皮黄灿灿、油光光的，还带着红色条纹。可是，小刀卷刃了，还弄伤了大拇指汤姆的手指。大拇指汤姆把手指放进嘴里，吮吸了两下。"看来，煮得还欠火候，太硬了。你来试一试，亨卡蒙卡。"

亨卡蒙卡站在椅子上，用一把铅制小刀去剁那只火腿。"它真硬啊，简直像干酪店里的火腿一样。"亨卡蒙卡说道。

火腿猛地从盘子上弹出来，滚到了餐桌下。"别去管它了！"大拇指汤姆说，"给我来点鱼，好吗，亨卡蒙卡？"

亨卡蒙卡试遍了所有汤勺，鱼还是紧紧粘在盘子上。大拇指汤姆不耐烦了，把火腿放在地板中央，举起铲子和钳子。只听一阵"乒乒乒乒"，火腿变成了许多碎片！原来，火腿是由石膏粉做成的。在鲜亮的油彩下，什么美味也没有！

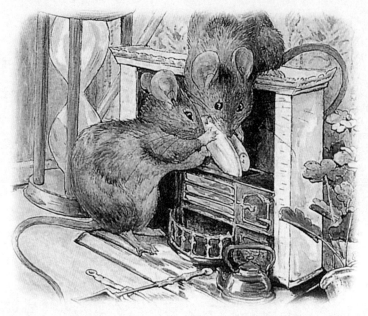

两只小老鼠既失望，又生气。一气之下，他们又打碎了布丁、龙虾、梨和橙子。他们没法从盘子上取下鱼，就把它丢进了火炉里。火堆是用红色皱纸做成的，鱼当然不会烧起来。

大拇指汤姆爬上了烟囱，从烟囱顶上察看，这里一点烟灰都没有。

这时候，亨卡蒙卡正在为另一件事而失望。她在碗柜上找到了一些小罐子，标签上写着"大米、咖啡、西米"。她倒了倒罐子，发现里面除了红珠子和蓝珠子，什么也没有。

于是，两只老鼠开始大搞破坏。大拇指汤姆更是疯狂！他从简的卧室衣柜里拽出衣服，从顶楼的窗户里扔了出去。

亨卡蒙卡的想法却很现实，她在露辛达的枕头里扯出一半羽毛时，突然想起自己正缺个羽毛床垫。

大拇指汤姆协助亨卡蒙卡把枕头拖下楼梯，穿过壁炉前的地毯。他们费了很大的力气，才把枕头塞进小小的老鼠洞。

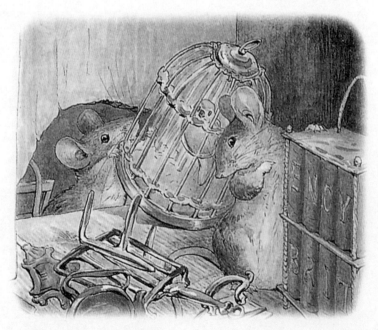

亨卡蒙卡很快又返回玩偶小屋，拽走了一把椅子、一个书架、一只鸟笼。不过，书架和鸟笼实在太大了，弄不进老鼠洞。

亨卡蒙卡只好放弃了，把它们丢在煤箱后面，又去拖一只婴儿摇篮车。

亨卡蒙卡正在拖另一只椅子，忽然听到从屋外走廊传来一阵说话声。两只老鼠急忙跑到洞里，这时玩偶们已经走进了屋子。

简和露辛达大吃一
惊，简直不敢相信自己
的眼睛！露辛达一屁股
坐在被掀翻了的炉灶上，
瞪大了两只眼睛。简靠
在厨房的碗柜上，脸上
露出了一丝苦笑。不过，
她们一句话也没说。

她们从煤箱后好不容易把
书架和鸟笼抢救了出来。不过，
还是少了一些东西：亨卡蒙卡
得到了摇篮车，还有露辛达的
一些衣服。

她还拿走了一些有用的罐子和锅，还有其他小玩意儿。

玩偶小屋最小的女主人说："我要在这里放一个穿警服的玩偶！"

可是保姆说："我要在这里放上一个老鼠夹子！"

以上就是两只顽皮的小老鼠的故事。不过，他们也不是特别顽皮，大拇指汤姆后来赔偿了一切损失。

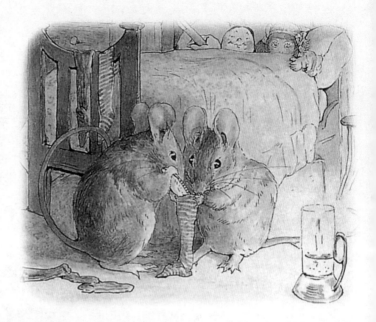

在壁炉前的地毯上，他捡到了一枚六便士的硬币。在圣诞节前夜，他和亨卡蒙卡把那枚硬币塞进了两只玩偶的一只长筒袜里。

而且，每天一大清早，当人们都在熟睡的时候，亨卡蒙卡就起床了。她拿着小簸箕和小笤帚，悄悄走进玩偶小屋，来打扫卫生了！

6

The Tale of Mrs. Tiggy-Winkle

提吉·温克夫人的故事

（1905 年）

在很久很久以前，有一个名叫露茜的小女孩，她住在一个名叫"小镇"的农场里。这是一个很乖巧的小女孩，不过她很粗心，总是弄丢自己的小手绢。

一天，露茜哭着走进了农场的院子里——哦，她哭得多伤心啊！

"我把手绢弄丢了！三块手绢，还有一件小围裙。你看见它们了吗，泰比？"

小猫泰比舔着自己那雪白的爪子，没有理睬她。唉，露茜只好去问花母鸡彭妮："彭妮，你见过我的三块小手绢吗？"

可是，彭妮却跑进了鸡舍，"咯咯咯"地叫道："我光着脚呢！我光着脚呢！我光着脚呢！"

后来，露茜又去问站在枝头的知更鸟考克。考克长着一对乌溜溜的眼睛，他只瞥了露茜一眼，就扑打着翅膀，越过农场的篱笆墙，飞走了。露茜登上篱笆墙边的台阶，朝农场后面的山冈望去——那座山冈云雾缭绕，山顶完全隐没在云雾中。

一条大路通往山冈。露茜看到，远处的草地上铺着一层白色的东西。

露茜迈开小腿，朝山冈飞奔而去。她沿着陡峭的山间小路不停地跑啊跑啊，直到整个农场被她踩在了脚下。要是她扔颗石子的话，准能落到农场的烟囱里。

不久，露茜来到了一眼山泉旁。泉水咕嘟咕嘟地往外喷涌着。在一块大岩石上，不知道是谁放了一个锡制的水罐在接水。水已经漫出来了，那个水罐真小啊，跟一只蛋壳差不多。路上的

沙子湿湿的，上面留下了一串脚印，是谁的脚印这么小啊？

露茜又不停地跑啊跑啊，一直跑到小路的尽头。那里有一块巨大的岩石。在岩石旁，长满了低矮的茅草，郁郁葱葱的。草地上竖立着几根晾晒衣服的杆子，是用蕨树枝做成的。衣架上拉着晾晒衣服的绳子，那是用灯芯草编成的。绳子上挂着很多小夹子，不过，

上面并没有手绢啊！

她还发现了一扇奇怪的小门。这扇小门一直通往山里，里面还有人在唱歌呢：

就像百合一样洁白，
可惜有一些小褶皱！
拿起红熨斗抹一抹，
小褶皱可上消失了！

露茜轻轻敲了两下门，歌声停了下来。一个尖细的声音小心翼翼地问道："谁呀？"

露茜推开了门。你猜，她看到了什么？原来，这是一间非常小的厨房，里面很干净，地上铺石板，屋顶架木梁，跟农场的厨房没什么两样。只不过，这间厨房的天花板太低，露茜的头差点碰到了房顶。另外，那些厨具真小啊，这里的每样东西都那么小巧。

山洞里散发着一股浓浓的焦糊味。在餐桌旁，站着一个健壮的矮胖夫人。她手里拿着熨斗，疑惑不安地盯着露茜。

她穿着一件印花长袍，在条纹衬裙外系着一条特大的围裙。她的小鼻子不住地耸动着，发出阵阵"哼哼"声。她的小眼睛一眨一眨，亮晶晶的。那么，她的帽檐下呢？露茜可是长着一头金黄的卷发。啊，这个矮胖夫人的帽檐下，竟然都是尖刺！

"你是谁呀？"露茜问，"你见过我的小手绢吗？"

矮胖夫人扭动了一下身体，行了一个屈膝礼："哦，你好，我是提吉·温克夫人。我是一个勤恳的洗衣工。"

接着，她从篮子里取出一件衣物，放在了熨衣毯子上。

"这是什么啊？"露茜问，"是我的手绢吗？"

"哦，不是，请原谅。这是知更鸟考克的一件小红背心。"

提吉·温克夫人把这件小红背心熨平，然后把它折叠好，放在了一旁。

随后，她从晾衣服的架子上取下另一件衣物。

"这不是我的围裙吗？"露茜问。

"哦，不是，请原谅。这是詹妮的丝绸桌布。看看，它被葡萄酒染得一团糟！这些污渍实在是太难洗了！"提吉·温克夫人说。

她的小鼻子不住地耸动着，小眼睛也不停地眨呀眨，亮晶晶的。然后，她从炉火里取出了另一个熨斗。

"这里有我的一块手绢！"露茜惊叫道，"还有我的围裙！"

提吉·温克夫人熨着露茜的手绢和围裙，很快把上面的褶皱熨平了。

"啊，太好玩了！"露茜惊叫道。

"那又是什么东西？长长的，黄黄的，就像手套上的手指？"

"哦，那是彭妮的一双长筒袜。看，她总在院子里刨啊刨，袜子的后跟都磨薄了！用不了多长时间，她就得光脚走路了！"提吉·温克夫人说。

"啊，这又有一块手绢，可它不是我的。它是红色的，对不对？"

"哦，不是你的，请原谅。这是兔夫人的手绢，上面还有浓浓的洋葱味呢。虽然我单独给它洗了又洗，可还是有股洋葱味。"

"我看见了，那块手绢是我的。"露茜叫道。

83

"这些奇怪的白色小东西又是什么？"

"这是小猫泰比的一副手套，我只管把它们熨平，手套是她自己洗好的。"

"这里有我丢的最后一块手绢！"露茜大叫道。

"你往洗衣盆里扔什么东西呢？"

"那是山雀汤姆的围嘴——这简直是世界上最难洗的东西了！"提吉·温克夫人说，"我终于把所有的东西都熨完了，现在，我该去晾晒了。"

"那些柔软的毛茸茸的东西是什么？"露茜又问道。

"哦，那是小羊斯科列尔的羊毛外套。"

"他们肯把自己的外衣脱下来吗？"露茜好奇地问道。

"哦，是的。你看，外套肩部还有绵羊标记呢！这件盖有特斯加斯的字样，那些是从小镇农场送来的。在洗之前，我都要给它们做记号。"提吉·温克夫人回答说。

提吉·温克夫人把各种衣服都挂了起来。这些衣服大的大，小的小，有小老鼠的棕色外套，鼹鼠那件天鹅绒一般柔软的黑色皮背心，小松鼠金坚果那件少了后摆的红色燕尾服，小兔彼得的那件缩水的蓝色小上衣。另外，还有一件没标记的衬裙——标记被洗掉了。终于，所有的衣服都被挂了起来，篮子里一件衣服也没有了。

提吉·温克夫人泡了两杯茶——一杯给露茜，一杯给她自己。她们坐在火炉旁的长椅子上，彼此看着对方。提吉·温克夫人端茶杯的那只手是深棕色的，由于长期泡在肥皂水里，上面布满了皱纹。另外，她的头发是那样硬挺，把长袍和帽子都戳破了。因此，露茜不敢靠她太近。

喝完茶，提吉·温克夫人把熨好的衣服装入包裹。露茜把自己的手绢也叠好了，放在她那件干净整洁的围裙里，并且用一根别针别好。

她们把炉子封好，便走出山洞，锁上大门。提吉·温克夫人把钥匙藏在了门槛上。

露茜和提吉·温克夫人提着包裹，一路小跑着下了山冈。

一路上，总有小动物钻出灌木丛迎接她们。她们首先碰到的是两只小兔子——彼得和小本杰明。

提吉·温克夫人把洗好的衣物分别交给它们的主人。小动物们纷纷向提吉·温克夫人表达谢意。

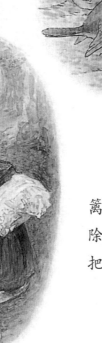

她们走到山脚下，来到篱笆墙下的台阶旁。这时，除了露茜手里的包裹，她们把衣物都分光了。

87

露茜拿着小包裹，走上了台阶。她转过身，准备向提吉·温克夫人道声"晚安"，并表达谢意。可是，一件不可思议的事情发生了！

提吉·温克夫人并没有接受露茜的感谢，也没有等她付浆洗的工钱！

她头也不回地朝山上跑去——她那带花边的白帽子呢？她的披肩、长袍、衬裙呢？啊，统统不见了！

看，她变得多小啊！她的棕色皮肤多深啊！她的全身都是尖刺！

哦，原来，提吉·温克夫人竟然是一只刺猬！

（也许有人认为，露茜只是在篱笆墙的台阶上睡着了，做了一个奇怪的梦而已——可是，她确实找回了自己的三块干净的手绢和一件围裙，而且是用别针别在一起的，这又该如何解释呢？

另外，我亲眼见过那扇通往山后的小门。还有，那位可爱的提吉·温克夫人，我跟她可是很熟呢！）

7

The Tale of The Pie and The Patty-Pan

馅饼和馅饼盘的故事

（1905 年）

从前，有一只名叫瑞碧的小猫。一天，她要邀请一只名叫黛丝的小狗来家里喝茶。

瑞碧在信上写道："亲爱的黛丝，快点来我家吧。我要请你品尝最可口的食物。我要用馅饼盘给你烤制最美味的馅饼——那可是用一个粉红色镶边的盘子烤制出来的呢！我敢保证，你从没吃过这么美味的馅饼！我情愿把整个馅饼都给你享用！我呢，就吃松饼好了，亲爱的黛丝！"

黛丝读完瑞碧的信，在回信中写道："我很高兴前去你家赴宴，并在四点一刻准时到达。不过，实在是太巧了，亲爱的黛丝，我也正要邀请你来我家共进晚餐，品尝最可口的美味呢。"

"我一定会按时赴约的，亲爱的黛丝。"黛丝继续写道，并在回信末尾补充了一句："我想问一句，我们该不会是吃老鼠肉馅饼吧？"

但她认为这样写太没礼貌了，就把这句划掉了，改成"我希望那是一个最美味的馅饼"。然后把信交给了邮递员。

不过，黛丝老惦记着瑞碧的馅饼，就一遍又一遍地读着瑞碧的信。

"我真有些担心，如果真是老鼠肉馅饼，那可怎么好啊！"黛丝不住地自言自语，"我可真不愿意吃老鼠肉馅饼，但又不得不吃，因为那毕竟是主

人的一份心意啊！我吃的馅饼可都是放牛肉和火腿的，再配上带粉红色镶边的白色馅饼盘。哦，瑞碧的馅饼盘和我的馅饼盘是一样的，都是从塔比瑟商店买回来的。"

黛丝走进储藏室，从架子上取下一盘馅饼，出神地看着。

"馅饼已经做好了，就等放入烤箱烤了。哦，多诱人的馅饼皮啊，我只要把它盛放在锡制馅饼盘里就可以了。还要在馅饼中间戳个洞，好让蒸汽跑出来。哦，我要是能吃自己做的馅饼就好了，老鼠肉馅饼多难吃啊！"

黛丝思来想去，又把瑞碧的信读了一遍。

"那可是用一个粉红色镶边的盘子烤制出来的呢！我情愿把整个馅饼都给你享用……当然，这里的你，就是指我了——那就是说，瑞碧连一口也不吃了？既然我们的馅饼盘子是一样的，瑞碧又会出去买松饼……好主意！何不趁瑞碧不在家，把我的馅饼放进她家的烤箱里呢？"

黛丝对这个办法非常满意！

这时，瑞碧已经收到了黛丝的信。当她得知小狗黛丝答应准时赴约的时候，就把自己的馅饼放进了烤箱。

瑞碧的烤箱分为上下两层。烤箱上有一些旋钮和把手，不过那些只是装饰物，并不是开烤箱门用的。瑞碧把馅饼放在了烤箱的底层，这层的门关得很紧。

"烤箱上层烤东西太快了,"瑞碧自言自语着,"这个馅饼是用最细嫩的老鼠肉和熏肉做成的。而且,我还把所有的骨头剔出来了。要知道,上次我宴请黛丝的时候,她几乎被鱼刺卡住了喉咙。她吃东西时总是狼吞虎咽。不过,她还算是一个有教养的小狗,比塔比瑟表妹强多了。"

瑞碧往炉子里加了一些煤,把灶台打扫干净。然后,她把茶壶加满水,又去井边打了一罐水。

接下来,她开始整理房间了。这个房间既是客厅,又是厨房。她把坐垫上的尘土抖掉,把它们摆好。然后,她又清理干净壁炉旁的兔皮地毯,把挂钟、壁炉上的饰物、桌椅等擦拭一新。

她在餐桌上铺上了一张干净的白桌布。然后,她从壁橱中取出最精致的陶瓷茶具,摆在了餐桌上。她的茶杯是银白色的,上面描绘着粉红的玫瑰,餐盘则是蓝白相间的。

布置好餐桌后,她带上一只奶壶和一只蓝白相间的盘子,出了家门,向农场走去。她要去那里买些奶油和黄油。

回来后,她把烤箱的底层打开一条缝,只见里面的馅饼已经泛起了诱人的金黄色。

然后,她围上披巾,戴上帽子,挎着一个篮子出了门。她要

去村里的商店买一些茶叶、
方糖和果酱。

与此同时，黛丝也走
出了家门。她的家在村
庄的另一头。

她们在半路上相遇
了。瑞碧看见黛丝也挎
着一只篮子，篮子上面还
盖上了一块布。不过，她们只
是点头示意，并没有说话，因为她们很快就会聚在一起吃饭了。

走到街道的拐角，黛丝见瑞碧走远了，撒腿就跑——直奔瑞碧
家而去！

瑞碧来到商店，把东西买全了，还跟塔比瑟表妹愉快地聊了一会
天儿。

后来，塔比瑟表妹在闲谈中轻蔑地说："你居然要请一只小狗！好
像这附近没有猫似的！喝下午茶，还要吃馅饼！"

瑞碧离开商店，又去面包房买了一些松饼，然后走回家去。

瑞碧从前门走进家中，隐约听到后门的过道里发出了一阵杂乱的
声响。

"我想，肯定不是那只喜鹊。再说，汤匙也已经锁起来了呀！"

然而，房间里没有人！
瑞碧费了好大的劲儿，才把
烤箱下层的门打开。她翻了
翻馅饼，一股好闻的烤老鼠
肉的香味飘了出来。

这时，黛丝悄悄地从后
门溜走了。

"这真是一件奇怪的事

情啊！我把馅饼放进烤
箱的时候，并没有看到
瑞碧的馅饼啊！我找遍
了瑞碧的房间，也不见
她的馅饼！我把我的馅
饼放到了烤箱上层，那
里的温度刚刚好。烤箱
上的其他把手我都打不
开，我想它们大概是装
饰物吧！"黛丝边走边
自言自语，"我真希望
把那个老鼠肉馅饼拿
走！我实在弄不明白，
她把那个馅饼放到哪里
去了？我听到瑞碧开门
的声音，才不得不从后
门赶快溜掉了。"

黛丝回到家，把自己那身漂亮的黑外套梳理一新，又从花园采了
一束鲜花给瑞碧作礼物。直到四点整，她才忙活完。

至于瑞碧，她搜查了整个房间，直到确信碗柜和储藏室没有人，
才走上楼去换衣服。

她穿上淡紫色的丝绸
连衣裙，围上绣花细棉布
围裙，披上了披巾。

"这太奇怪了，"瑞碧
说，"我是不会忘记关抽屉
的啊，难道有人试过我的
白手套？"

她走下楼，泡好茶，把茶壶放在炉架子上。然后，她把烤箱底层打开一条缝，只见里面的馅饼热气腾腾，已经变成了诱人的棕色。

瑞碧静坐在炉火前，等候小狗赴宴。

"还好，我用的是烤箱的底层，"瑞碧说，"因为，烤箱的上层太热了。碗柜的门怎么是敞开的呢？难道有人进来过？"

四点钟，黛丝准时出发了。一路上，她跑得很快，以至于到得太早了，因此只好在瑞碧家门前的小巷子里多等了一会儿。

"我真想知道，瑞碧是不是把我的馅饼拿出了烤箱？"黛丝说，"还有，那个老鼠肉馅饼到底去了哪里呢？"

四点一刻，响起了一阵很有礼貌的敲门声。

"请问，瑞碧夫人在家吗？"黛丝站在门廊上问道。

"请进，你好吗，亲爱的黛丝？"瑞碧大声说，"我希望你万事如意。"

"我很好，谢谢。亲爱的瑞碧，你好吗？"

黛丝说，"这是送给你的鲜花。哦，馅饼的味道真诱人啊！"

"哦，多可爱的鲜花啊！是啊，那是老鼠肉和熏肉馅饼的香味啊！"

"先别谈论食物了，亲爱的瑞碧。"黛丝说，"多么洁白的桌布啊！……馅饼呢？烤好了吗？它还在烤箱里吗？"

"再等一会儿，也就五分钟吧！"瑞碧说，"我来倒茶。咱们一边喝茶一边等。你要来一点糖吗，亲爱的黛丝？"

"好的，谢谢！亲爱的瑞碧，我可以在鼻子上放一块方糖吗？"

"请随意，亲爱的黛丝。你的请求真有趣！"

黛丝坐好，在鼻子上放了一块方糖，深深吸了一口气。

"馅饼的味道真香啊！我最爱吃牛肉和火腿了——我是想说……老鼠肉和熏肉馅饼！"

慌乱中，黛丝把鼻子上的方糖弄掉了。她只好钻到桌子下面去找，所以并没有看到瑞碧从哪一层烤箱拿出了馅饼。

瑞碧把馅饼放到桌上，闻起来味道好极了。

黛丝从桌子下面钻出来，嘴里嚼着方糖，回到了椅子上。

"我先给你切馅饼，再去拿我的松饼和果酱。"瑞碧说道。

"你真的更喜欢吃松饼吗？小心馅饼盘啊！"

"你刚才说什么？"瑞碧问。

"要我把果酱递给你吗？"黛丝改口道。

馅饼真鲜美，松饼干又脆。很快，她们把各自的食物吞进了肚子，特别是那个吃馅饼的！

"我想，我还是亲自切馅饼更稳妥些。幸亏瑞碧在切馅饼的时候，没有觉察到什么。多么细嫩的馅饼！不过，我好像并没有把肉切得这样细呀……这大概是因为她的烤箱烤起东西来更快吧！"黛丝心想。

"黛丝吃东西好快啊！"瑞碧一边为第五块松饼涂黄油，一边心里想。

盘子里的馅饼快要吃光了，黛丝已经吃下了四块馅饼。不过，她仍旧用汤匙在盘子里找着什么东西。

"亲爱的黛丝，你还想再来几片熏肉吗？"瑞碧问。

"不必了，谢谢你，亲爱的瑞碧。我只是在找那个小馅饼盘。"

"什么馅饼盘？亲爱的黛丝，你在说什么？"

"就是撑馅饼皮的模子啊！"黛丝说着，脸不由得红了。

"我并没有用模子啊，亲爱的黛丝。"瑞碧说，"我从来不用那种东西做老鼠肉馅饼。"

黛丝用汤匙在馅饼盘里划拉着，不安地说道："怎么会找不到了呢？"

"可我没用馅饼模子啊！"瑞碧被搞糊涂了。

"有的，有的！亲爱的瑞碧，馅饼盘真的不见了？"

"亲爱的黛丝，我保证没有用馅饼盘。我从不用锡制品做布丁和馅饼。馅饼盘最让人讨厌了——特别是在人们狼吞虎咽的时候。"瑞碧小声地补充了一句。

黛丝继续用勺子在馅饼盘里划拉着，看上去是那么紧张。

"我的姑姥姥——塔比瑟表妹的祖母，就是在圣诞节吃葡萄干时，不小心吞下了一个顶针，最后噎死了。从此，我再也不往布丁或馅饼里放任何金属制品了。"

黛丝吓傻了，她把馅饼盘立了起来。

"我只有四个馅饼盘，它们都在碗柜里。"

忽然，黛丝大叫道："我要死了！我要死了！我吞下了一个小馅饼盘。哦，亲爱的瑞碧，我好难受啊！"

"这绝不可能。亲爱的黛丝，我做的馅饼里没有小馅饼盘。"

黛丝不住地呻吟着，身子也摇摇晃

晃起来："哦，太可怕了，我吞下了一个馅饼盘！"

"我做的馅饼里没有任何别的东西。"瑞碧严肃地说。

"有，我肯定吞下了一个馅饼盘。"

"亲爱的黛丝，我给你一个枕头靠着，你能感受到那个馅饼盘在哪个部位吗？"

"哦，亲爱的瑞碧，我觉得深身难受。我肯定吞下了一个很大的锡制馅饼盘，它的周边还有锋利的齿边呢！"

"需要我去请医生吗？等我把那些汤匙锁起来。"

"哦，快点，亲爱的瑞碧，快去请麦格特医生。他是一只喜鹊，肯定知道该怎么办。"

瑞碧把黛丝搀扶到火炉前的扶手椅上，然后急匆匆地朝村庄赶去。很快，她在一个铁匠铺里找到了医生。

喜鹊医生正在把一个生锈的钉子放进墨水瓶里，这个墨水瓶是他

在邮局找到的。

"不可能吧，嘻嘻！"他歪着头说。

瑞碧向喜鹊医生解释说，她的客人真的吞下了一个馅饼盘。

"真有这种事？"医生一边说着，一边随着瑞碧往她家走去。

喜鹊医生跳得可真快，瑞碧不得不一路小跑才能跟上。他们的动静太大了，至于全村的居民都出来瞧热

闹了。

"我早就知道，她们放开肚皮大吃大喝，非出事不可！"塔比瑟表妹说。

可是，瑞碧去找医生的时候，出了一件怪事——黛丝正坐在火炉前，一边痛苦地呻吟着，一边唉声叹气，感到痛苦极了。

"我怎么可能吞下那个馅饼盘呢？我怎么可能吞下那么大的东西呢？"

她站起身，走到餐桌前，又开始用汤匙在盘子里找起来。

"什么也没有，根本没有馅饼盘。可是，我确实放了一个啊！除了我，这里没有人吃馅饼，所以我一定把它吞下去了！"

她又坐下来，看着火炉发愁。炉火"劈劈啪啪"地响着，火苗飞舞着，还有一阵"嘶嘶"声。

黛丝一跃而起，打开烤箱上层的门。一股浓郁的牛肉火腿味扑面而来，一个诱人的棕色馅饼就在那里。透过馅饼盘上的小洞，隐约可以看到一个锡制馅饼盘！

黛丝深深地吸了一口气——

"看来，我吃的一定是老鼠肉！难怪我感觉这么不舒服……可是，如果我真的吞下一个馅饼盘，也许会更不舒服呢。"黛丝心想，"这件事情太尴尬了，我该怎么向瑞碧解释呢？我想，我应该把馅饼藏到后院，什么也不要说。等我回家的时候，再悄悄把它拿走。"

黛丝把馅饼藏在了后门外，又坐回火炉前，闭上了眼睛。当瑞碧和医生赶来的时候，她似乎睡着了。

"是假的吧，嘻嘻！"医生说。

"我感觉好多了！"黛丝睁开眼，跳起来说。

"听到你这样说，我简直太高兴了。亲爱的黛丝，医生给你拿来了一粒药丸。"

"我想，医生只要给我把把脉搏，我的病就好了。"黛丝说着，后退了两步。可喜鹊医生侧身走过来，嘴里还叼着一个东西。

"那只是一粒面包药丸，你把它吃下去，再喝点牛奶就可以了，亲爱的黛丝。"

"是装的吧？嘻嘻！是装的吧？嘻嘻！"医生这样说的时候，黛丝咳了两声，还装出喘不过气来的样子。

"别说了！"瑞碧终于生气了，"拿着这些面包和果酱，到院子外面去吧。"

"骗子！哈哈！"医生走出了后门，兴奋地大叫着。

"我现在感觉好多了，亲爱的瑞碧。"黛丝说，"我最好在天黑之前赶回家。"

"好吧，亲爱的黛丝。我借你一条最暖和的披巾，把你扶回家。"

"真不好意思再给你添麻烦了。我感觉已经好了。医生的那粒药丸——"

"如果那粒药丸能治疗好你的病，那可真是太神奇了！明天早饭后，我会去探望你，看你夜里睡得好不好。"

黛丝和瑞碧道别后，就回家了。她沿着小巷走了一半，便回头偷看。只见瑞碧走回屋里，还关上了门。黛丝迅速钻过篱笆墙，来到瑞碧家房后，朝院子里偷看。

在猪圈的房顶上，站着喜鹊医生和三只乌鸦。乌鸦们正在津津有味地吃着馅饼，而喜鹊医生正在喝着馅饼盘里的肉汁。

"骗子，哈哈！"喜鹊医生看到黛丝从拐角探出头来的时候，大叫了起来。

黛丝转身就往家里跑，她简直羞愧得无地自容！

瑞碧走出房间，准备打水清洗茶具，忽然发现院子里有一个打碎的盘子。那是一个粉红色镶边的盘子。在抽水机旁，还有一个馅饼盘！当然，那是喜鹊医生故意放在那里的。

瑞碧惊讶地看着这一切，自言自语道："这到底是怎么回事？看来，还真有一个馅饼盘！可是，我的所有馅饼盘都在碗柜里啊……下次再请客，我还是邀请塔比瑟表妹好了！"

The Tale of Mr. Jeremy Fisher

渔夫杰里米的故事

（1906年）

从前，有一只青蛙，大家都叫他渔夫杰里米。他住在一座小房子里，这座小房子建在池塘边的毛茛丛中，非常潮湿。

无论是走廊还是储藏室，到处都是湿漉漉的。

不过，杰里米先生就喜欢把两只脚泡在水里。对此，既没有人批评过他，他也从未受凉感冒过。

屋外豆大的雨点从
天而降，噼里啪啦地落
在池塘里。这时候，他
感到特别兴奋。

"我要挖一些小虫
子，当做鱼饵，去水里钓
几条鱼当晚餐。"杰里米
说，"只要钓的鱼超过五
条，我就请我的朋友——
乌龟阿尔德曼·托勒密先
生和蝾螈艾萨克·牛顿先
生，来家里吃晚饭。不
过，阿尔德曼先生最爱吃
沙拉。"

　　杰里米先生穿上雨衣，蹬上一双橡胶雨鞋，拿上钓竿和鱼篓，就一路连蹦带跳，来到了他停船的地方。

　　这只小船圆圆的、绿绿的，看起来就像一片睡莲叶子，系在池塘中的一棵水草上。

杰里米先生用一根芦苇秆当船桨，把船划到一片开阔水域。"我知道一个绝妙的去处，那里有很多的银鱼。"渔夫杰里米先生说道。

杰里米先生把芦苇秆插进淤泥里，把小船拴在上面。

然后，他盘腿坐下，开始整理渔具。他有一个极其可爱的小红鱼漂；他的钓竿是一根坚韧的草茎；他的鱼线是一条细长的白马尾毛，顶端系了一条蠕动的小蚯蚓。

雨淅淅沥沥地下着，轻轻敲打着他的后背。差不多一个钟头过去了，他一动不动地坐着，盯着那只鱼漂。

"真无聊，我还是先吃点午餐吧。"渔夫杰里米先生说。

他把小船撑回水草丛中，
从鱼篓中取出了午餐。

"先吃个蝴蝶三明治，钓
鱼的事儿，等这场雨停下来再
说吧。"渔夫杰里米先生自言
自语着。

一只巨大的水甲虫悄悄地游
过来，靠近睡莲叶，它用前肢使
劲夹了一下杰里米先生的一只橡
胶雨鞋的鞋尖。

杰里米先生把腿往上收了
收，这下水甲虫够不到了。他继
续吃他的三明治。

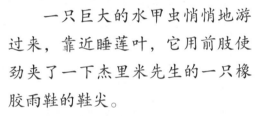

池塘边的灯芯草丛里，有东
西晃动了那么两下，发出了一阵
沙沙声，还溅起一些水花。

"那不会是一只水老鼠吧？"
渔夫杰里米先生说，"我最好还是
赶紧离开吧。"

杰里米先生再次将小船撑出水草丛，在不远处又抛下了鱼饵。很快，鱼漂开始剧烈地晃动起来。有鱼咬钩了！

"银鱼！银鱼！啊，我钓住了他的鼻子！"渔夫杰里米先生兴奋地大叫起来，猛地往上提起钓竿。

啊，这真是一个糟糕的意外——杰里米先生钓上来的并不是一条温顺的小银鱼，而是一条浑身是刺的棘鱼！

棘鱼在小船上拼命
地扑腾着，又是冲，又是
咬，直到呼吸困难，才又
跳回水里。

这时，一群小鱼纷
纷露出水面，大声嘲笑
渔夫杰里米先生。

杰里米先生沮丧地坐在小船边上，一边盯着水面，一边吮吸着被刺痛的手指。这时，一件更加可怕的事发生了——如果杰里米先生没有穿他的橡胶雨衣，那后果真是不堪设想！

一条硕大的鲑鱼游过来，"哗啦"一声，飞溅的水花迎面扑来，他跃出水面，将杰里米先生一下子咬进嘴里。"噢！噢！噢！"杰里米先生惊叫起来。鲑鱼猛地潜入了池塘深处！

114

不过，鲑鱼很厌
恶橡胶雨衣的味道。很
快，他又把杰里米先生
吐了出来，只吞下去了
一样东西——杰里米先
生的橡胶雨鞋。

杰里米先生迅速跃
出水面，好像冲出汽水
瓶的瓶塞和泡沫。他用
尽全身的力气，游向池
塘的岸边。

一到岸边，他马上爬上去，披上那件破烂不堪的雨衣，跳过草地，向家中蹦去。

"啊，上帝保佑，幸亏不是一条梭子鱼！"渔夫杰里米先生叫道，"我把钓竿和鱼篓弄丢了，不过这些都不重要了，反正我以后再也不敢去钓鱼了！"

渔夫杰里米先生在手指上贴了块橡皮膏。这时，他的朋友们来赴晚宴了。虽然渔夫杰里米先生不能用鱼招待他们，但他的储存库里可不缺吃的。

蝾螈艾萨克·牛顿先生穿着一件黑条纹的金色背心。

而乌龟阿尔德曼·托勒密先生呢，带来了一网兜的蔬菜沙拉。

虽然桌子上没有美味的银鱼，但烤蝗虫和瓢虫酱对于青蛙来说，也是一顿不错的晚餐。不过，这样的晚餐，你肯定难以下咽！

9

The Story of A Fierce Bad Rabbit

一只霸道的坏兔子

（1906 年）

这是一只霸道的坏兔子，他身上处处透着一股粗野的劲儿，无论是胡须、爪子，还是那上翘的小尾巴。

这是一只温和的乖兔子。他妈妈给了他一根胡萝卜。

那只坏兔子也想
吃胡萝卜。

他连一句客气
的话也不说，上来就
抢走了胡萝卜！

另外，他还粗野
地抓伤了那只乖兔子。

乖兔子跑开了，他躲在一
个洞里，感到无比悲伤。

这时来了一个手拿长枪的
猎人。

他看到有个东西坐在长凳上，还以为那是一只稀奇的鸟。

他悄悄地绕到大树后面。

然后，他瞄准那个东西，砰——开了一枪！

情况就是这样。

不过，当猎人拿着长枪跑过来的时候，长凳上只剩下这些东西了。

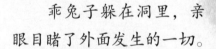

乖兔子躲在洞里，亲眼目睹了外面发生的一切。

他看到坏兔子哭着逃走了——既没了胡子，又少了尾巴！

10

The Story of Miss Moppet

小猫毛毛的故事

（1906 年）

从前有一只小猫，名字叫毛毛。现在，她听到了一只老鼠发出的声音！

这只小老鼠藏在碗橱后面，他正在和毛毛开玩笑。他的胆儿很大，一点也不怕猫。

毛毛立刻跳起来，扑了过去。不过，已经太晚了。她不但没抓住小老鼠，反而一头撞在了碗橱上，"哎哟！真疼！"

她想：这个碗橱可真硬！

那只小老鼠呢？正从碗橱顶上探出头，盯着毛毛看呢。

毛毛找来一块花布，把自己的头包好，然后坐在火炉旁。

小老鼠想，看样子她是受伤了。于是，他顺着一根拉铃铛的绳子滑了下来。

毛毛似乎越来越难受了。小老鼠又朝她走近了一点儿。

毛毛伸出两只爪子，抱着可怜的脑袋，透过花布上的一个小洞往外偷看。现在，小老鼠已经近在眼前了。

说时迟那时快，毛毛突然一跃而起，扑到了小老鼠的身上！

"既然小老鼠戏弄过我，我也来捉弄捉弄他。"毛毛这样想，可真不应该啊。

毛毛从头上解下花布，把小老鼠包起来，就像玩球一样，把他抛来抛去。

可是，她忘了一件事——花布上的那个小洞。她玩累了，打开包裹一看，里面已经空空如也！

原来，小老鼠已经钻出花布，溜之大吉了。你看，他爬到了碗橱顶上，正在跳快步舞呢！

The Tale of Tom Kitten

小猫汤姆的故事

（1907 年）

从前，有这么三只小猫，他们分别叫咪咪、汤姆和毛毛。

他们个个披着可爱的小皮衣，时而在门前的台阶上翻滚，时而在地上嬉戏。

有一天，他们的妈妈——塔比瑟·特维切特夫人，邀请朋友来家里喝茶。于是，她把三只小猫从外面抓回来，想在贵客们到来之前，给他们梳洗干净。

首先，她把他们的
脸洗干净（这只小猫就
是毛毛）。

然后，她把他们的
毛梳理好（这只小猫就
是咪咪）。

接着，她又梳理好他们的尾巴和胡须（这只就是小猫汤姆）。

汤姆太调皮了，他的爪子不停地抓来抓去。

塔比瑟夫人给毛毛和咪咪穿上了干净的围裙，系上了领巾。然后，她又从衣柜的抽屉里拿出一件高雅却不易穿戴的衣服，准备打扮她的儿子汤姆。

小猫汤姆是那么胖，又长了个子了，把衣服上的几个扣子都撑掉了。他妈妈只好用针线把扣子重新缝上了。

三只小猫被打扮好后，塔比瑟夫人为了专心烤奶油面包，很不明智地把他们放出家门，要他们到花园里散散步。

"别把衣服弄脏了，孩子们！一定要用后腿走路，离脏土坑远点，躲开母鸡彭妮，千万别靠近猪舍和那些水鸭！"

　　毛毛和咪咪摇摇摆摆地走在花园的小路上。很快，她们就踩脏了
自己的小围裙，还摔了个嘴啃泥。

　　当她们站起身时，衣服上就多了几块绿色斑点。

"我们爬上假山，坐到围墙上去看看吧！"毛毛建议道。

于是，他们把领巾转到脑后，连蹦带跳地冲上了墙。这时，毛毛的白领巾掉在了大路上。

汤姆却跳不起来，因为他的后腿被套在裤子里了。他努力地拨开蕨草，一步一步地挪到假山上，衣服上的扣子也掉得东一个西一个。

当汤姆上到墙头的时候，他的衣服已经撕烂了。

毛毛和咪咪试着帮汤姆把衣服整理好，可他的帽子又掉下了围墙，仅有的几颗扣子也绷掉了。

正当他们忙得焦头烂额的时候，忽然，传来了一阵"啪嗒、啪嗒"的声音。原来，是三只水鸭一摇一摆地从硬邦邦的大路上走来了。他们排着整齐的队伍，昂首挺胸地迈着鸭子步——"啪嗒、啪嗒"，"啪嗒、啪嗒"……

走到围墙边时，三只水鸭停了下来，打量着三只小猫。水鸭们的眼睛虽然非常小，可流露出的表情却是那样的惊讶。

然后，两只鸭子——丽贝卡和杰迈玛，从围墙下捡起帽子和领巾，戴在了自己头上。

咪咪笑得都从围墙上跌下来了。毛毛和汤姆也跟着她跳下了围墙。结果，她们的围裙和汤姆身上的衣服掉了个精光。

"请过来，水鸭德雷克先生。"毛毛说，"帮我们给汤姆穿好衣服，帮他把扣子系上吧！"

水鸭德雷克先生侧着身子，慢腾腾地走来，衔起了地上的衣服。

不过，德雷克先生却把这些衣服穿在了自己的身上！他穿上这些衣服简直太滑稽了，比汤姆穿得还可笑。

"多么美好的早晨啊！"水鸭德雷克先生说。

然后，水鸭德雷克先生、丽贝卡和杰迈玛又走上了大路，他们依然迈着鸭子步——"啪嗒、啪嗒"，"啪嗒、啪嗒"……

这时，塔比瑟·特维切特夫人来到了花园，她发现三只小猫站在围墙上，身上都光溜溜的，一件衣服也没穿！

她把三只小猫拽下围墙，打了几巴掌，然后把他们押回了家。

"我的朋友们很快就要来了，而你们这个样子根本没法见人，太让我丢脸了！"塔比瑟·特维切特夫人气呼呼地说。

她把三只小猫赶到了楼上。然后，她对来访的那些朋友说，请原谅，三只小猫得了麻疹卧病在床，不能出来见客——这当然不是真话。

正相反，他们并没有老老实实地待在床上——完全没有。

也不知是什么原因，楼上传来十分嘈杂的吵闹声，搅乱了楼下那场优雅、宁静的茶会。

我想，有朝一日，我还要写一本厚厚的大书，把小猫汤姆的更多趣事告诉你们。

至于那些水鸭呢——他们已经在池塘里了。

那些衣服全掉在了水里，因为上面连一颗扣子也没有。

直到现在，水鸭德雷克先生、丽贝卡和杰迈玛小姐，还在寻找那些衣服呢！

12

The Tale of Jemima Puddle-Duck

水鸭杰迈玛的故事

（1908 年）

看到一群小鸭子跟在一只母鸡身后，这该是一幅多么有趣的画面啊！

——快来听听水鸭杰迈玛的故事吧！这些日子，水鸭杰迈玛很郁闷，因为农妇不许她自己孵蛋。

杰迈玛的弟媳——水鸭丽贝卡，就跟她完全不一样，她非常乐意其他动物替她孵小鸭子。

"我可没有那个耐心，在窝里趴上整整二十八天！你也做不到，要知道，你会让蛋着凉的！"

"我希望自己来孵蛋，我要亲自把我的宝宝们孵出来。"水鸭杰迈玛"嘎嘎"地叫着。

杰迈玛想方设法把自己生的蛋藏起来，可每次人们都把她藏的蛋找了出来。结果，她只能眼睁睁地看着人们抢走她的蛋。

杰迈玛别提有多失望了。于是，她决定，在远离农场的地方做一个窝。

一个晴朗的春日下午，杰迈玛出发了。她沿着大路，向山坡上走去。

她身上披着一件披巾，头上戴着一顶女士帽。

在山顶上，她看到远处有一片树林。

看上去，那里真是一个既安全又清静的好地方啊！

水鸭杰迈玛知道自己的飞行技术不高。于是，她扇动翅膀，沿着山坡助跑了几步，最后用力向空中一跳——

由于起飞前的准备工作做得充分，她竟然飞了起来！

她飞啊飞啊，越过了树梢。最后，她看到树林间有一片开阔的空地，这里的树木都被砍光了。

杰迈玛笨拙地着了陆，然后晃悠着身子走啊走，四处寻找适合做窝的地方。当然，最理想的地方是：既舒适，又干燥。她很快找到了这样一处好地方，那就是隐藏在一片花丛间的半截树桩。

可是——她吃惊地看到一位穿着考究的绅士，正坐在树桩上读报纸。他长着一对黑耳朵，满脸淡棕色的胡须。

"嘎嘎！"杰迈玛歪着头，向那位绅士打招呼，"嘎嘎！"

那个绅士抬起头，用眼睛的余光透过报纸的上方，好奇地打量着杰迈玛。"夫人，你迷路了吗？"他礼貌地问道。

可能是树桩有些返潮吧，那个绅士把自己的尾巴坐在了屁股下面。

杰迈玛认为，这个绅士不但相貌不凡，而且很有风度。她连忙解释说，自己并没有迷路，只是想找一个既舒适又干燥的地方做窝。

"啊，原来是这样！我知道了。"那个绅士一边说着，一边好奇地打量着杰迈玛。他把那张报纸折好，放在了自己上衣后摆的口袋里。

随后，杰迈玛开始抱怨那只替鸭子孵蛋的母鸡："她真是多管闲事！"

"真的吗？那太有意思了！我希望哪天碰到那只母鸡，到时候，我会好好地教训她一番，让她知道知道多管闲事的后果！

"不过，要做一个窝嘛，其实并不难。我的小草棚里有一大堆羽毛呢。哦，亲爱的夫人，你是不会影响到我的。你想在那里待多长时间，就待多长时间好了。"长尾巴绅士这样说道。

他领着杰迈玛，来到了一个隐蔽之处。在花丛深处有一座小房子，看上去有些吓人。

这座小房子是用柴草建成的。房顶上有两只破桶，叠在一起，当作烟囱。

"这是我夏天的别墅。你要是想找到我的地洞——我是说，我冬天住的地方，可就没这么方便了。"好客的绅士说道。

在房子后面，有一间破烂不堪的小棚子，是用旧肥皂箱子搭建成的。绅士打开小棚子的门，把杰迈玛请了进去。

小棚子里到处都是羽毛，虽然这里的空气不大流通，但确实是一个舒适安全的地方。

看到那一大堆羽毛，杰迈玛大吃一惊。不过，这些羽毛太舒服了，她很快为自己做了一个窝。

　　杰迈玛从小棚子里走出来的时候，那个淡棕色胡须的绅士正坐在一根原木上读报纸。从表面上看起来，报纸是展开的，可他的目光却透过报纸的上方，朝小棚子这边偷看呢。

　　他真是太好客了！他有些遗憾，因为杰迈玛要回家去过夜。他答应杰迈玛，好好照看鸭子窝，直到她第二天早晨返回来。

　　他说，他很爱鸭蛋和小鸭子。他为自己能在小棚子里看到一窝鸭蛋而感到十分荣幸。

　　每天下午，杰迈玛都要来到那片树林。她在那个窝里一共生了九个蛋。这些蛋是淡青色的，个头儿都很大。那位狐狸绅士非常喜欢蛋，因为在杰迈玛不在的时候，他都要跑到鸭窝前清点一下鸭蛋的数目。

　　有一天，杰迈玛告诉绅士，她决定第二天开始孵蛋——"我会带来一袋子玉米，这样，我就可以一直待到小鸭子破壳为止。要不，他们会着凉的。"杰迈玛考虑得很周到。

　　"夫人，请不必劳神费心。我可以为你提供一些燕麦，那样你就不用再拿什么玉米了。在你开始孵蛋之前，我想请你吃一顿饭。让我为你举办一场宴会吧！你可以从农场摘一些香草，我们要做一个美味的煎蛋卷。我们还需要鼠尾草、百里香、薄荷、两棵洋葱和一把香芹。至于煎蛋卷用的油嘛，就由我来负责好了。"长着淡棕色胡须的绅士热情地说。

　　水鸭杰迈玛可真是一个头脑简单的大傻瓜！这个绅士提到了鼠尾草和洋葱，也没有引起她的警觉。

回到农场的菜园，杰迈玛四处寻找，衔下了许多香草叶——这全是用来制作烤鸭的。

最后，杰迈玛摇摇摆摆地走进了厨房，从篮子里叼了两颗洋葱。

牧羊狗凯普见杰迈玛走出厨房，就迎上去问道："杰迈玛，你拿洋葱干什么？你每天下午都去哪里了？"

杰迈玛十分信任牧羊狗凯普，就把事情的经过原原本本地告诉了他。

牧羊狗凯普认真地听着杰迈玛讲述，还不时地点着头。凯普可不像杰迈玛那么笨，当听到杰迈玛描述的那个绅士长着淡棕色胡须时，他不禁咧嘴笑出了声。

牧羊狗凯普向杰迈玛问清了树林的方位，以及那座小房子和小棚子的准确地点。

然后，牧羊狗凯普辞别杰迈玛，飞快地朝村庄跑去。他打算请两只小猎狗来帮忙。现在，他们正和猎人一起散步呢！

一个阳光灿烂的下午，杰迈玛最后一次走上了大路。她提着一个大口袋，里面装着一捆香草和两颗洋葱。

她飞过树林，在长尾绅士家的对面降落下来。这时，长尾绅士正坐在一截木头上。他不停地嗅着周围的气味，还不安地巡视着树林的周围。

当杰迈玛落地后，他吓了一跳。

"当你看完那些蛋后，立即到我的房子里来，给我带上那些香草。快点，听到没有！"

他的语气是那样生硬，杰迈玛以前从来没有听他这样讲过话。

她感到很吃惊，又有些紧张。

杰迈玛刚走进小棚子，身后就响起了急促的脚步声。一个长着黑鼻子的家伙在门前闻了闻，然后锁上了门。

杰迈玛感到害怕极了。

不一会儿，门外响起了可怕的喧闹声——咆哮声、尖叫声、怒吼声，还有呻吟声，各种声音混成了一团。

之后，那个长着淡棕色胡须的绅士再也不见了。

不久，牧羊狗凯普打开了小棚子的门，把杰迈玛放了出来。

不幸的事情发生了，两只小猎狗迅速地冲进去，把所有的鸭蛋都吞进了肚子。事情发生得太突然了，牧羊狗凯普都没有来得及阻止。

这时候，杰迈玛才看到，牧羊狗凯普的耳朵被咬了一口，两只小猎狗也变成了瘸子。

杰迈玛被三只狗
护送回了家。一路上，
她哭个不停，因为她
非常心疼那些蛋。

六月到了，杰迈玛生
了很多蛋。这回，她得到
了农妇的许可，可以自己
孵蛋了。不过，这些蛋中
只有四只小鸭子被孵出来。

杰迈玛说，那是因为
她太紧张了。不过说句实
在话，她一直都不是一位
称职的母亲！

13

The Tale of Samuel Whiskers

大胡子塞缪尔的故事

（1908 年）

从前有一只老猫，大家都叫她塔比瑟·特维切特夫人。她是一位辛劳的母亲，时刻都得为自己的孩子操心。她经常四处寻找她的孩子，一个不注意，这些小淘气就跑得无影无踪！

这不，烤点心的日子又到了。为了安全起见，她决定把孩子们关在壁橱里。她捉住了小猫毛毛和咪咪，却怎么也找不到汤姆。

塔比瑟夫人跑遍整个房子，不停地呼唤着小猫汤姆。她跑到楼下的食品室，看了又看，没有；她又来到堆满脏被单的储藏室，转了转，也没有；她跑上楼梯，没有；钻进阁楼，没有。天啊，哪里也不见她的小猫！

这是一座古老的房子，到处都是橱柜和走廊。墙壁足有四英尺厚，时常会传出一些奇怪的声音，那里似乎藏着什么秘密。在壁板上，你会看到一些古怪的小门。到了深夜，一些东西就不见了，尤其是奶酪和熏肉。塔比瑟夫人越来越心烦，叫声也变得越来越尖厉。

猫妈妈正在整个房子里忙得团团转，毛毛和咪咪又开始捣乱了。壁橱没有上锁，所以她们一推橱门就跑了出来。

一个生面团盛在盘子里，放在炉火上，正等着发酵呢。她们马上凑上去，伸出柔软的小爪子，轻轻拍打着面团。"让我们来做一块可爱的小松饼，好吗？"咪咪对毛毛说道。

这时，大门外突然传来了敲门声。毛毛吓得马上跳进了面粉桶里；咪咪则逃到乳酪间，躲进了一个空牛奶罐里。

　　敲门的是邻居瑞碧太太，她是来借发酵粉的。塔比瑟夫人一边下楼，一边大声叫着："快请进，瑞碧表姐。请进，请坐！出事了，瑞碧表姐。"塔比瑟说着，流下了眼泪，"我的小儿子汤姆不见了，不会是落到老鼠手上了吧？"她卷起围裙角，擦着眼泪。

　　"这只小猫可真够调皮的，塔比瑟表妹。上次我来这里喝茶，他居然把我最好的那顶帽子当成摇篮玩呢——表妹，你在哪里找过他？"

　　"这个房子的每一个角落，我都找过了！那些老鼠太多了，我快受不了了。这个家乱糟糟的，真是没法管了！"塔比瑟夫人说。

"表妹，我可不怕那些老鼠。我来帮你找孩子吧！如果我找到他，一定帮你好好教训教训他！啊，壁炉围栏上怎么会有煤灰？"

"烟囱又该扫了。噢，天哪，瑞碧表姐！连毛毛和咪咪也不见了！他俩从壁橱里逃走了！"

瑞碧和塔比瑟开始重新搜查整个房子。她们拿着伞在床底下来回划拉，在橱柜中翻上翻下，甚至举着大蜡烛，把阁楼上的衣箱搜了个遍。可是，她们仍然没有收获。这时，从楼下突然传来重重的关门声，还有一连串急匆匆的脚步声。

"那些老鼠都多得成灾了。"塔比瑟带着哭腔说，"上周六，我从厨房的墙洞里抓住了七只小老鼠，用他们做了晚餐。还有一次，我看见一只又老又凶的大老鼠。瑞碧表姐，他竟然冲我龇着大黄牙。我扑过去时，他却飞快地钻进了洞里。瑞碧表姐，这么多的老鼠，都弄得我神经质了。"塔比瑟说。

瑞碧和塔比瑟一边说着话，一边找啊找啊。在阁楼的地板下好像有什么东西滚来滚去，传出一阵奇怪的咕噜声，不过她们什么东西也没看到。

于是，她们又返回厨房。"至少找到了一只小猫。"瑞碧一边说着，一边从面粉桶里拽出了毛毛。

她们拍去毛毛身上的面粉，把她放在厨房的地板上。她看上去吓坏了。

"噢！妈妈，妈妈。"毛毛说，"我看到一只大老鼠，跑进了咱家的厨房，她还偷走了好多生面团呢！"两位猫太太一听，马上去看放面团的盘子。果然，面团上留着许多小爪子印，有一大块面团被挖走了！

"毛毛，你看到她拿着面团到哪里去了吗？"可毛毛说，那时她被吓坏了，一直躲在桶里，所以什么也没看见。

瑞碧和塔比瑟只好把她带上，继续寻找其他小猫。

这时，她们走进乳酪间。很快，她们发现了咪咪，她就藏在一只空牛奶罐里。

她们把罐子倒过来，好让她从里面爬出来。"噢，妈妈，妈妈！"咪咪说，"刚才，有一只大老鼠走进了乳酪间。那只老鼠大得吓人！他偷走了一块黄油，还有一根擀面杖。"听到这里，瑞碧和塔比瑟彼此交换了一下眼色。

"不得了了，塔比瑟表妹。"瑞碧说，"现在得马上去请木工约翰，还得让他带上锯子。"

现在，我们来看看小猫汤姆究竟出了什么事吧。小猫汤姆的故事会告诉你，在一座老房子里爬烟囱实在是既莽撞又无知。在那里，你是看不见路的，也许还有一些大老鼠在什么地方等着你。

"擀面杖和黄油！噢，我可怜的小儿子，我的汤姆！"塔比瑟惊叫着，使劲挥舞着自己的爪子。

"一根擀面杖？"瑞碧说，"我们在阁楼上翻箱倒柜的时候，不是听过一阵咕噜声吗？"

瑞碧和塔比瑟匆匆地跑上楼，那个咕噜声还在阁楼的地板下响着。

汤姆知道妈妈准备烤点心，他可不想被关在壁橱里，所以就藏了起来。哪里有稳妥的藏身之处呢？最后，他决定去爬那只大烟囱。炉火刚点燃，烟囱里还不热；一些白色烟雾从鲜绿的柴枝上冒出来，怪呛人的。小猫汤姆爬上了炉子围栏，向上望去。

这是一个古旧的壁炉，烟囱十分宽敞，一个人站在里面，还能转个身。对汤姆这样的小猫来说，那里的空间可谓大极了。

他跳进壁炉，沿着壁炉架冒冒失失地爬了上去。小猫汤姆站在架子上，往上跳了一大步，落到烟囱里高处的一个壁台上，蹭下来一些煤灰，落到了围栏上。

烟囱里的烟把小猫汤姆呛得直咳嗽。这时，他听见从壁炉下传来捡柴和生火的声音。他决定再爬高些，到烟囱顶上去。他想去抓几只屋顶上的麻雀。"我可不能回去，要是我滑下去，就会掉进火堆。这不但会烤焦我漂亮的尾巴，还会烤焦我的小外套呢。"

　　这是一个老式的烟囱，又高又大。在当时，人们总是往炉子里填木块，烧火取暖。烟囱立在屋顶上，就像一个石头城堡。阳光从斜搭在烟囱顶部挡雨的石板的缝隙射了进来。

小猫汤姆此时真是心惊胆战！他在几英寸厚的煤灰里艰难地向前挪着步子，爬呀爬呀……他觉得，自己就像一把扫烟囱的扫帚。

在黑暗中，什么都看不清。小猫汤姆感觉到，在烟囱里，一条排烟道连着又一条排烟道。渐渐地，烟变少了，可汤姆迷路了。他继续往上爬，没找到烟囱顶，却来到了一个陌生的地方。

不知是谁，把烟囱壁上的石头移开了，那里散落着几根羊骨头。"真奇怪啊！"小猫汤姆说道，"是谁跑到烟囱里来啃羊骨头呢？但愿我没来过这里！奇怪，那又是什么味道？闻上去，像是老鼠的味道。这味道呛得我鼻子痒痒的，想打喷嚏。"

　　他挤进一个小洞。在狭窄的通道里，他开始艰难地向前挪动身体。这里真黑啊，没有一点光亮。

　　他小心地探着路，来到阁楼的顶板上，那里画着一个"*"形小记号。

　　突然，小猫汤姆在黑暗中摔了一跤，掉进了一个洞里，
落在了一堆又脏又烂的布片上。他站起身，看了看四周，发
现自己来到了一个陌生房间。这里很窄小，充满霉味，到处
是蜘蛛网、碎木板、烂木条和石膏。他在这座老房子里住了
那么久，却从没来过这里。在前方——就在他的对面，坐着
一只可怕的大老鼠。

"喂，你是谁？带着一身煤灰跳到我的床上，想干什么？"大老鼠咬牙切齿地说。

"很抱歉，先生，这里的烟囱该打扫了。"可怜的汤姆猫说。

"安娜·玛丽亚！安娜·玛丽亚！"大老鼠尖叫起来。随着一阵"啪嗒、啪嗒"的脚步声，一只上了年纪的母老鼠从一根椽子上探出了头。

　　转眼间，她就朝小猫汤姆扑过来。小猫汤姆还没回过神来，就被扒掉了外套，接着被紧紧地绑起来，绳子打的都是死结。

　　大老鼠一边看着安娜·玛丽亚这样做，一边吸着鼻烟。绑完后，他们就恶狠狠地盯着小猫汤姆，坐下来商量。

　　"安娜·玛丽亚，给我做个小猫夹心布丁卷当晚餐好吗？"大老鼠说道（他的名字叫塞缪尔）。"好，不过，我们还需要面团、黄油和擀面杖。"安娜·玛丽亚一边盯着小猫汤姆，一边说道。"不，"塞缪尔说，"安娜·玛丽亚，应该用面包屑来做。""胡说！应该用黄油和面团来做。"安娜·玛丽亚说。

　　两只老鼠商量了一会儿，然后就分头行动了。

安娜·玛丽亚爬下壁板，走过窗台，来到厨房，准备偷生面团。

她拿了一个小碟子，用爪子在面团上挖走了一小块。还好，她没发现藏在一边的毛毛。

　　塞缪尔从壁板上的洞里钻出来，走下楼梯，来到乳酪间，取走了黄油。在这期间，他连一个人也没碰到。第二次，他从房间里拿走了一根擀面杖。他用爪子推着擀面杖，往前走着，就像啤酒厂工人滚啤酒桶一样。这时候，他听到了瑞碧和塔比瑟的叫喊声——她们正举着蜡烛在翻箱倒柜，根本没有发现他。

　　就在两只老鼠出去的时候，小猫汤姆被独自留在了阁楼的地板下面。他不住地扭着身体，想喊救命。不过，他的嘴里塞满了煤灰和蜘蛛网，喊不出声；他被绳索绑得死死的，因此无法挣扎让人听到动静。一只蜘蛛从天花板的裂缝里钻出来，冷漠地打量着他身上的那些绳结。他是一个结绳的行家——他在捕捉苍蝇时，每次都会用到这个技巧。不过，他并不想搭救小猫汤姆。小猫汤姆扭啊扭，直到筋疲力尽。

　　不久，老鼠们回来了。现在，他们开始制作夹心布丁卷了。他们先给汤姆涂上一层黄油，再把他卷进面团里。"这些绳子不好消化吧，安娜·玛丽亚？"塞缪尔问道。安娜·玛丽亚认为，这无关紧要；她只希望小猫汤姆不要乱动脑袋，因为这样会把面皮弄皱。她一直揪着汤姆的耳朵。

　　小猫汤姆不住地踢啊，咬啊，叫啊。

　　两只老鼠各抓着擀面杖的一头儿，在汤姆身上"咕噜、咕噜"地滚来滚去。

　　"看，他的尾巴露在外面了！你拿来的生面团不够用，安娜·玛丽亚。"

　　"我已经把我能拿得动的都拿来了。"安娜·玛丽亚回答。

　　"我想……"塞缪尔说着，停了下来，看了小猫汤姆一眼。"我想，这个布丁是不会好吃的。因为，他身上尽是煤烟味儿。"对此，安娜·玛丽亚打算发表一下意见。

忽然，壁板下传来了锯子锯木头的声音，还夹杂着一只小狗的刨地声和狂叫声！

老鼠们丢下擀面杖，仔细听着。"我们被发现了。安娜·玛丽亚，快收拾一下我们的家当，赶快逃走吧。"

"恐怕我们只能放弃这个布丁卷了。""不过，我还是觉得这些绳子会引起消化不良，不管你怎么说。""快走吧，帮我用被单包上几块羊骨头。"安娜·玛丽亚说道，"在烟囱里，我还藏了半块熏火腿呢。"

　　木工约翰掀开壁板，爬了进去。不过，这时的阁楼顶上已经空空如也了。地上只有一根擀面杖，还有一个脏布丁团子，里面裹着小猫汤姆！浓烈的老鼠气味并没有散去。木工约翰忙了一早上，他在那里嗅来嗅去。他一边摇着尾巴，一边把头伸进老鼠洞里，一遍一遍地查看。

　　最后，他盖上木板，收拾好工具，走下了楼。小猫一家又恢复了宁静，他们邀请约翰共进晚餐。小猫汤姆身上的面团已经被取下来。这些面团被做成了一个布丁卷，里面塞着葡萄干，好掩饰那些黑糊糊的煤灰。小猫汤姆被赶进浴室，浑身上下洗了个干净，那些黄油也洗掉了。

　　木工约翰闻了闻那个布丁，礼貌地谢绝了小猫一家的邀请。理由是：他刚替波特小姐做完一个手推车；而且她还预订了两个鸡笼，正等着他去做呢。

　　那天下午，我走在去往邮局的路上。在街道拐角处，我看见了这样一幕：塞缪尔和他的妻子正用一辆手推车拉着一大包行李惊慌逃窜，那车子居然跟我的一模一样！他们来到农夫珀忒特的谷仓大门前。塞缪尔跑得上气不接下气，安娜·玛丽亚仍然口气强硬地在和他争辩着什么。看上去，她很清楚自己要去哪里。顺便说一句，我可从没答应过将自己的手推车借给她用！

他们走进谷仓，拿出一小截绳子，把大包裹拉到了干草堆顶上。

从此，塔比瑟·特维切特夫人家再没闹过老鼠，而农夫珀忒特却几乎要疯掉了。

老鼠、老鼠、老鼠！他家的谷仓里到处都是老鼠！他们干了那么多坏事：吃光了鸡饲料，偷走了燕麦、麦麸，还把粮袋咬出了许多窟窿眼。他们都是塞缪尔先生和太太的后代：有的是儿子，有的是孙子，还有的是曾孙。他们不停地繁衍，没完没了！

毛毛和咪咪长大后，都成了捕鼠能手。她们经常到村庄附近去捕鼠，非常受村民们的欢迎。她们的捕鼠价非常高，因此生活过得很富裕。

她们把一打一打的老鼠尾巴挂在谷仓门口，以显示自己的捕鼠本领是何等高超！

不过，小猫汤姆从此之后一直害怕老鼠。他的胆子是那么小，永远不敢再面对稍大一些的东西——只要它比一只小老鼠大。

14

The Tale of The Flopsy Bunnies

弗洛普西家的小兔子的故事

（1909 年）

据说，要是吃了太多的莴苣，就会想睡觉。可是，我从来没觉得吃完莴苣会犯困——当然，我又不是一只小兔子。

对于弗洛普西家的小兔子们来说，莴苣可确实有很强的催眠作用！

小兔子本杰明长大了，他娶了表妹弗洛普西。他们生了许多小兔子，组成了一个大家庭。每天，他们都过得无忧无虑，快快乐乐的。

我可记不住他们家每个孩子的名字，别人总是叫他们"弗洛普西家的小兔子"。

由于家里人太多，东西总是不够吃，本杰明就常向弗洛普西的表弟借点儿卷心菜什么的。弗洛普西的表弟就是彼得，他自己有一个苗圃。

不过，有时候彼得也没有多余的卷心菜给他的亲戚。

每当这时，弗洛普西家的小兔子们就穿过田野，跑到一个垃圾堆去找食物。那个垃圾堆，就在迈克古格先生的菜园外的一条沟渠里。

迈克古格先生的垃圾堆里几乎什么都有：像什么果酱罐啦，纸口袋啦，堆成小山似的、割草机割下来的碎草啦（这东西吃起来总是油乎乎的）。另外，还有一些烂西葫芦、一两只旧靴子。有一天——哦，简直太美了！——那里扔着好多成熟的莴苣，而且都抽出花儿来了。

弗洛普西家的小兔子们敞开肚皮，饱餐了一顿莴苣。不久，他们开始一个接一个地打瞌睡，最后都躺在割下来的青草上睡着了。

本杰明是爸爸，不像孩子们那么容易睡着。在睡觉前，他还特意拿了一个纸口袋，套在自己的头上，免得苍蝇飞来，搅扰他的好梦。

在温暖的阳光里，弗洛普西家的小兔子们睡得可香了。

这时候，从菜园那边的草坪上远远地传来了割草机的声音。绿头苍蝇们总是闹哄哄的，在墙附近嗡嗡地飞来飞去。一只小老鼠跑来了，钻到果酱瓶之间捡垃圾吃。

我可以告诉你这只小老鼠的名字，她叫托马茜娜·小点点鼠，是一只拖着长尾巴的丛林鼠。

点点鼠太太蹿过时纸袋"沙沙"作响，吵醒了兔子本杰明。

点点鼠太太很不好意思，连声道歉，还说她认识兔子彼得。

她和本杰明正在墙根下聊着，忽然听到头顶上传来一阵沉重的脚步声。啊，迈克古格先生倒了满满一大麻袋碎草，恰巧倒在了熟睡的弗洛普西家的小兔子们身上！

本杰明赶快缩回纸口袋，点点鼠太太也躲进了一个果酱罐。

　　一阵"草雨"之后，小兔子们仍沉浸在美梦中，正笑得挺甜呢！他们一时半会儿是醒不过来了，因为莴苣的催眠作用太强了。

　　小兔子们梦见睡在一张干草床上，他们的妈妈弗洛普西正给他们披被角。

　　迈克古格先生倒空了麻袋，无意中低头一看：啊，碎草堆里怎么冒出几个好玩的棕色小耳朵尖儿呢？他瞪着这些棕色小耳朵尖儿，看了好一会儿。

　　不久，一只苍蝇飞过来，落在了一只耳朵上，那只耳朵还动了动。

　　迈克古格先生爬下围墙，走到垃圾堆上——

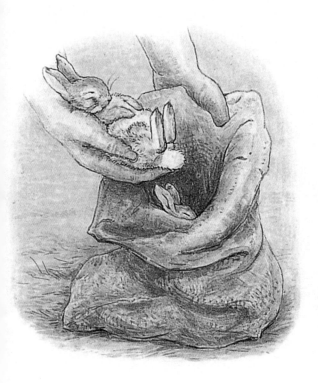

"一个、两个、三个、四个！五个！六个小兔啊！"他一边数着，一边把他们扔进麻袋。弗洛普西家的小兔子们还在做梦呢，梦见兔子妈妈在给他们翻身呢。他们动了一下身子，可还是没有醒过来。

迈克古格先生扎紧麻袋口，把它放在墙头上。

接着，他走向草坪，把割草机放好。

迈克古格先生刚走开，兔妈妈弗洛普西（她本来是留在家里的）就从田野里走过来。

她疑惑地看着麻袋，心想：小兔子们都去了哪里呢？

这时候，点点鼠太太从果酱罐里钻了出来，本杰明也摘下头上的纸口袋。他们给兔妈妈讲了刚才发生的那场悲剧。

本杰明和弗洛普西感到绝望极了，因为他们无论如何也解不开袋口的绳子呀！

可是，聪明的点点鼠太太有办法，她在麻袋底的一角咬了个小洞。

小兔子们被一个个地
拖了出来，然后被摇醒了。

他们的父母往空麻袋
里塞了三个烂西葫芦、一
把旧鞋刷子和两个蔫萝卜。

然后，他们都
躲进了灌木丛，在
那里等着迈克古格
先生。

迈克古格先生一回
来，拿起麻袋就走。

他吃力地拎着口袋，
它还怪沉的呢！

弗洛普西家的小兔子
们跟在他后头，保持着一
段安全的距离。

小兔子们看着迈克古格
先生走进了房子。

然后，小兔子们悄悄溜到窗户跟前，偷听里面的动静。

迈克古格先生把麻袋扔在石头地板上。这时候，如果弗洛普西家的小兔子们还待在里面，一定疼死了。

小兔子们听见他一边拖动椅子，一边咯咯地笑着。

"一个，两个，三个，四个，五个，六个小兔子！"迈克古格先生说。

"你说什么？兔子又来捣乱了吗？"迈克古格太太问道。

"一个，两个，三个，四个，五个，六个小兔子！"迈克古格先生又念叨了一遍，掰着自己的手指头数，"一个，两个，三个——"

"别犯傻了。你到底在说什么，老头子？"

"在麻袋里！一，二，三，四，五，六！"迈克古格先生回答。

这时，弗洛普西家的小兔子中最小的那只爬上了窗台。

迈克古格太太拿起麻袋，摸了摸。她觉得麻袋里头是有六只，但肯定是老兔子，因为他们都硬邦邦的，形状还那么奇怪。

"兔子太老了肉可不好吃，不过可以拿它们的皮做我的斗篷衬里。"

"什么？给你的旧斗篷做衬里？"迈克古格先生吼道，"我打算卖了它们买烟卷儿！"

"兔崽子！我要一个个剥了它们的皮，砍掉它们的头！"

迈克古格太太解开口袋，把手伸了进去。

当她发现那只是些烂蔬菜时，气极败坏地大骂迈克古格先生是"有心这么做来气她"。

迈克古格先生也非常生气。他捡起一只烂西葫芦，扔到了厨房的窗外，结果正打在弗洛普西家最小的小兔子身上。这一下可真疼啊！

本杰明和弗洛普西觉得，他们该回家了。

　　迈克古格先生没弄到他的烟草，他的太太也没得到兔子皮。

　　不过，第二年圣诞节到来的时候，托马茜娜·小点点鼠却得到了一份礼物。啊，那可是一大堆兔毛，足够她给自己做一件斗篷、一顶头巾、一副漂亮的暖手筒和一副暖和的手套了！

15

The Tale of Ginger and Pickles

金吉尔和皮克斯的故事

（1909 年）

从前，在一个村子里有一家商店，橱窗上写着醒目的店名——金吉尔和皮克斯。

这是一家非常小的商店，只有洋娃娃才来光顾——比如，露辛达和简就经常来这里买一些日用品。

对于小兔子来说，柜台的高度倒是很合适。"金吉尔和皮克斯"卖绘有红点图案的小手绢，只要一又四分之三便士；当然，这里也卖糖、鼻烟和橡胶手套。

这虽然是一家很小的商店，但卖的货物倒挺齐全。除了几样临时急需的东西，比如鞋带、羊排等，这里几乎什么都有了。

金吉尔和皮克斯就是这家商店的主人。金吉尔是一只黄色的公猫，而皮克斯是一只灵敏的小猎狗。

前来购物的小兔子们总是有些怕皮克斯。

小老鼠们也是这里的常客——不过，他们更怕金吉尔。

金吉尔总是让皮克斯去接待那些小老鼠，因为他一见老鼠就总是流口水。

"每次看到他们个个拿着大包小包走出商店大门，我都快控制不住自己的情绪了！"他这样说道。

"我也有同感，"皮克斯说，"不过，我们可不能把这些顾客吃掉。否则，他们就不会来我们这里了，而是跑到塔比瑟商店去了。"

"完全相反，他们没地方可去了。"金吉尔沮丧地说。

塔比瑟是村子里另一家商店的主人，她从来不赊账。

金吉尔和皮克斯却允许他们的顾客无限期地赊账。赊账，意思就是说：一位顾客要买一条肥皂，可以不必打开钱包付钱，而直接把肥皂拿走；钱嘛，等以后有了再说。

　　这时，皮克斯就会很礼貌地给顾客鞠一个躬，说道："请随意，夫人。"之后，他再把顾客赊欠的商品和价格记录在一个本子上。

　　尽管顾客们有些害怕金吉尔和皮克斯，不过，他们仍旧常来光顾，赊走了商店里的大量东西。

　　可是，那个被称为钱柜的盒子，里面连一便士也没有。

每天，顾客们都会成群结队地走进商店，买走店里的大量东西。店里的太妃糖尤其受顾客欢迎。可是，他们总是说没有钱。即使是买一便士的薄荷糖，他们也不会付账。

不过店里的东西卖得快极了，这里的销量要比塔比瑟的商店高出十倍！

由于手头没有钱，金吉尔和皮克斯只能吃店里的食物。

皮克斯吃饼干，金吉尔呢，吃一种鳕鱼干。

每天商店关门后，他们就在烛光下吃各自的食物。

1月1日到了，他们的手里还是没有钱，所以皮克斯没钱去更新狗执照了。

"真讨厌！我真害怕看到警察！"皮克斯说。

"这你埋怨谁呢？谁叫你生下来就是一只小猎狗呢？而我，从不需要执照，牧羊狗凯普也不需要执照。"

"真害怕啊！我真担心被警察传唤。我也想去警察局赊账，希望拿一份新执照，可他们呢，绝对不肯答应我。"皮克斯说，"这里到处都是警察，我在回家的路上还遇见了一个呢。"

"我们再送一份账单给大胡子塞缪尔吧，他欠的熏肉钱已经有二十二先令零九便士了。"

"送也是白送，我觉得他根本就没打算付这笔钱。"金吉尔回答。

"我敢肯定，安娜·玛丽亚总是偷吃店里的东西——要不，那些奶油苏打饼干怎么都不见了？"

"问问你的肚子好了。"金吉尔回答。

金吉尔和皮克斯走进商店后的客厅，这里是他们记账的地方。

他们把账单上的欠款统计了一下。

"大胡子塞缪尔所欠的账，像他的尾巴一样长。从10月算起，他已经赊欠了一又三分之一盎司的鼻烟。

"还有七镑黄油——价格为每镑一先令零三便士。还有一条封蜡，加上四盒火柴！怎么办啊？"

"再向每一个顾客发一份账单好了！"金吉尔说。

不久，他们听到了一阵异样的声音，好像有人推门而入。他们急忙从客厅跑过去，只见商店的柜台上放着一封信。还有一个警察，正在一个笔记本上写着什么。

皮克斯气坏了，他朝那个警察不停地"汪汪"大叫，做出要扑上去的架势。

"咬他，皮克斯！咬他，皮克斯！"金吉尔躲在一个糖桶后，生气地说，"他只不过是一个德国洋娃娃！"

那个警察没理会他们，继续在本子上写着。有两次，他把铅笔放在嘴里，还有一次他把铅笔放在糖浆里。

皮克斯不停地"汪汪"大叫，几乎扯破了喉咙。可是，那个警察依然一言不发。他的眼睛是一对玻璃珠子，头盔是用线缝在头上的。

后来，皮克斯打算做最后一次冲锋，可他发现商店里空荡荡的，那个警察不见了。

只有那封信留在了那里。

"他不会是去找真正的警察了吧？我真担心那是一张传票。"皮克斯看着那封信说。

"不是，"金吉尔打开信封说，"这是商店的租金和税务单据，一共是三英镑十九先令十一又四分之三便士。"

"天啊，致命的打击！"皮克斯说，"我看，只好关门大吉了。"

于是，他们关闭了商店，离开了村庄。不过，他们并没有走远，而是待在附近一带。事实上，有些人还真希望他们走得越远越好呢！

现在，金吉尔住在养兔场。我不知道他在那里干什么工作，可是他看上去很健康，似乎日子过得还不错。

皮克斯呢，现在是一个猎场的守卫。

"金吉尔和皮克斯"商店关门后，村子里的居民感到生活很不方便。塔比瑟商店立刻提高了物价，每件商品涨了半便士，而且塔比瑟依然保留着老规矩——概不赊欠。

当然，也常有商贩的货车经过这里——像什么屠夫、鱼贩啦，还有面包师蒂莫西。不过，谁也不能只靠这些松糕和黄油面包活下去呀——即使那些松糕做得再好吃也不行啊！

不久，睡鼠约翰先生和他的女儿们开始卖薄荷糖和蜡烛。

可他们卖的不是那种六根一包的蜡烛。他们卖的蜡烛，一根有七英寸长，要五个小老鼠才能搬得动。

　　而且，这种蜡烛在阳光照耀的好天气里会奇怪地变形！

　　顾客们拿着变软的蜡烛，去找睡鼠小姐要求退货，但遭到了拒绝。

睡鼠约翰先生听到顾客们的吵吵声，除了躺在床上舒舒服服地睡大觉，什么话也不说。像他这种人，可真不适合开店。

当母鸡彭妮贴出商店重新开张的海报时，大家高兴极了。海报上写着：

彭妮开业大减价！
各种商品优惠多！
彭妮商品真便宜！
大家快来买，快来买啊！

彭妮商店开业那天真热闹啊！店里顾客盈门，连饼干罐上也站满了老鼠。母鸡彭妮在给顾客找零钱时，真是手忙脚乱。但她坚持收现金，她觉得这样做并没有什么不妥。

母鸡彭妮准备了各种各样的便宜货，这让上门来的每个顾客都很满意。

16

点点鼠太太的故事

（1910年）

从前，有一只丛林鼠，名叫点点鼠太太。
她住在树篱下的田埂里。

她的房子多么有趣啊！里面有一间厨房、一间会客室、一间餐具室、一间食品储藏室，还有坚果窖、种子窖。这些房间分布在树篱的根须之间，一条很长很长的沙地走廊把它们连接了起来。

另外，这里还有点点鼠太太的卧室，她睡在一张小小的箱式床上！

点点鼠太太是一只极其爱干净的小老鼠，她总是对松软的沙地板又扫又掸。

一次，一只甲虫在走廊里迷了路。

"去！去！小脏脚！"点点鼠太太敲着簸箕，把他赶走了。

一天，一个穿着带
红斑点斗篷的小老太太，
在她的洞里爬上爬下。

"你家房子着火啦，
瓢虫妈妈！快飞回去找
你的孩子们吧！"点点
鼠太太这样吓唬她。

还有一天，一只肥大
的蜘蛛跑进洞来躲雨。

"对不起，请问这里是
马菲特小姐家吗？"

"快走开，你这只坏蜘
蛛！竟敢在我这整洁漂亮
的房子里挂满蜘蛛丝！"

她立刻把蜘蛛从一扇窗户赶了出去。

蜘蛛借助一根细细的长丝绳，落到了树篱上面。

这天，点点鼠太太走向最远处的贮藏室，去取些樱桃核和蓟花籽，准备做晚饭。

在长长的走廊上，她一边用鼻子闻来闻去，一边不停地查看地板。

"我好像闻到了一股蜂蜜的味道，难道外面树篱中的报春花开了吗？我确信，我看到了一些小脏脚印。"

突然，在走廊的拐弯处，她碰到了大黄蜂芭比蒂·芭波尔。"吱吱，嗡嗡，嗡嗡！"大黄蜂大叫着。

点点鼠太太凶巴巴地盯着大黄蜂，她多么希望自己有一把扫帚啊。

"你好，芭比蒂·芭波尔。我很高兴去你那里买点蜂蜡。不过，你到我这里来干什么？为什么你总是从窗户飞进来，'吱吱，嗡嗡，嗡嗡'地大叫？"点点鼠太太开始生气了。

"吱吱，嗡嗡，嗡嗡！"芭比蒂·芭波尔愤怒地尖叫着。点点鼠太太不再理她，侧着身子，走下走廊，来到了一间用来储藏橡子的房间里。

在圣诞节前，点点鼠太太就吃完了橡子，那间储藏室应该早就空无一物了。

不过，里面长满了乱糟糟的干苔藓。

点点鼠太太开始去拔那些苔藓。这时，有三四只蜜蜂把头探出来，嗡嗡大叫着。

"我可没有出租房子的惯例，这简直是非法入侵！"点点鼠太太说，"我一定要把他们赶出去！"

"嗡嗡！嗡嗡！嗡嗡！"

"我想，谁可以来帮我这个忙呢？"

"嗡嗡！嗡嗡！嗡嗡！"

"我可不想去请杰克逊先生，他从来不擦脚。"

点点鼠太太决定，先让蜜蜂们待在那里，等自己吃完晚饭再说。

当她回到客厅时，听到有人在大声咳嗽，坐在那里的正是杰克逊先生。

一张小摇椅都被他占满了。他微笑着，摆弄着两只大拇指，双脚架在火炉的围栏上。

他住在树篱下的排水沟里，那里肮脏而潮湿。

"你好啊，杰克逊先生！你怎么全身都湿透了？"

"谢谢，谢谢，谢谢，点点鼠太太！我要在这里坐一会儿，把自己晾干。"杰克逊先生说。

他微笑着坐在那里，水顺着他的外套下摆不停地滴落下来。点点鼠太太只好拿着拖把，围着杰克逊先生拖个不停。

他在那里一坐就是半天，点点鼠太太不得不问他是否愿意留下来一起吃晚餐。

于是，点点鼠太太给他端来了樱桃核。"谢谢，谢谢，点点鼠太太！我没牙啦，没牙啦，没有牙齿！"杰克逊先生说。

他极力张大嘴巴，嘴里确实没有一颗牙齿。

然后，点点鼠太太给他端上了蓟花籽。"太小啦，太小啦！噗噗，呼！"杰克逊先生说，他把蓟花籽吹得满屋子都是。

"谢谢，谢谢，谢谢，点点鼠太太！其实，现在我真正……真正想要的是……是一小碟蜂蜜！"

"可我没有蜂蜜啊，杰克逊先生！"点点鼠太太说。

"给点嘛，给点嘛！点点鼠太太！"杰克逊先生微笑着说，"我闻到蜂蜜味了，我就是为这个来拜访你的呀。"

杰克逊先生笨手笨脚地从桌边站起来，开始往装食物的壁橱里头张望。

点点鼠太太拿着一块抹布，跟在他身后，不停地擦着他留在客厅地板上的湿漉漉的大脚印。

最后，当杰克逊先生确信壁橱里没有蜂蜜后，就顺着走廊走下去。

"恐怕你挤不进去，杰克逊先生！"

"给点嘛，给点嘛！点点鼠太太！"

可他还是挤进了餐具室。

"给点嘛，给点嘛！真的没有蜂蜜吗，点点鼠太太？"

碗碟架子上藏着三只小爬虫。有两只逃脱了，但最小的那只被他逮住了。

然后，杰克逊先生又挤进了食物储藏室。蝴蝶小姐正在那里品尝白糖，感觉不妙，就从窗户飞出去了。

"给点嘛，给点嘛！点点鼠太太，看来你有很多客人啊！"

"他们都是不请自来的！"点点鼠太太无奈地说。

他们顺着沙地走廊走着，"给点嘛，给点嘛……"

"嗡嗡！嗡嗡！嗡嗡！"在走廊的拐角处，他碰到了大黄蜂芭比蒂。杰克逊先生一把抓住了她，但很快，又把她放下来。

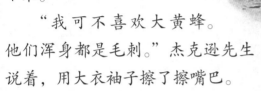

"我可不喜欢大黄蜂。他们浑身都是毛刺。"杰克逊先生说着，用大衣袖子擦了擦嘴巴。

"滚出去，你这只恶心的癞蛤蟆！"芭比蒂生气地喊道。

"我简直要疯啦！"点点鼠太太生气地说。

就在杰克逊先生掏蜂窝的时候，点点鼠太太把自己反锁在坚果储藏室里。杰克逊先生看来一点也不在乎野蜂的叮刺。

等点点鼠太太鼓起勇气走出来时，客人都已经走了。

可是，这种混乱的景象真是太可怕了——"我这辈子从来没有见过这么多脏东西——蜂蜜、苔藓、蓟花毛，还有大大小小的脏脚印——我原本干净整洁的房子已经变得一团糟了！"

点点鼠太太把苔藓和剩余的蜂蜡收集起来。

接着，她走出沙洞，拿来一些小树枝，搭在了前门。

"现在，我要把门弄小，这样杰克逊先生就进不来啦！"

她跑到储藏室，拿了一些肥皂、法兰绒布和一把新的硬毛刷子。可是，她已经太累了，没力气再干下去了。她坐在椅子上，很快就睡着了。夜里，她爬上床继续睡。

"我的房子什么时候才能重新变得整洁起来呢？"可怜的点点鼠太太想。

第二天，点点鼠太太早早地起了床，开始进行春季大扫除。这次大扫除，整整持续了两周。

她不停地扫啊、擦啊、掸啊，用蜂蜡给家具上光，还把她的小锡勺擦洗得亮晶晶的。

当她的房子重新变得整洁、美丽的时候，她举办了一场宴会。她请的是另外五只小老鼠，没有邀请杰克逊先生。

杰克逊先生闻到诱人的香味儿，就急忙跑到田埂上，可他无法从那个小门挤进来。

　　小老鼠们找来用橡子做的杯子，倒了满满一杯蜜露，再从窗口递给他。杰克逊先生倒一点也不生气。

　　他坐在阳光下，对点点鼠太太说："给点嘛，给点嘛！祝你身体健康，点点鼠太太！"

The Tale of Timmy Tiptoes

提米脚尖的故事

（1911 年）

从前，有一只名叫提米脚尖的小灰松鼠，他长得胖胖乎乎的。在一棵大树的顶部，他用树叶搭建了一座小屋，和妻子——古蒂脚尖在这里过着舒适的生活。

一天，微风习习，提米脚尖坐在屋外，摇动着尾巴，对妻子格格地笑道："亲爱的古蒂脚尖啊，坚果都已经成熟了，我们该为冬天和春天储备一些粮食啦！"

古蒂脚尖一边把苔藓塞进屋里，一边说道："这间小屋真暖和呀，我们可以先舒舒服服地睡上一个冬天。"

"可是，春天醒来时我们就会很瘦弱，那时还没有什么食物，拿什么填饱肚子呢？"提米脚尖可比他的妻子有远见。

245

于是，提米脚尖夫妇
来到了长满坚果的灌木丛。
在那里，已经有很多小松
鼠在忙着采摘坚果了。

提米脚尖脱下外套，
把它挂在树枝上，然后夫
妇二人就忙活起来了。

每天，他们都要往
返灌木丛好几次，以便
采摘更多的坚果。他们
采下坚果，放进口袋，
扛回来，再把这些坚果
储存到他家附近的几棵
大树的空树桩下。

　　等空树桩都装满了坚果，他们就把口袋中的坚果藏到一个高高的树洞里，那里以前是啄木鸟的家。坚果骨碌碌地滚啊滚啊，就滚到树洞底下去了。

　　"哦，怎么才能把这些坚果从里面拿出来呢？这树洞就像一个口小肚大的存钱罐。"古蒂脚尖说道。

　　"亲爱的，不用担心，到春天的时候，我们就会变得很瘦很瘦了。"提米脚尖说着，朝树洞里看了看。

　　提米脚尖夫妇储藏了大量的坚果，从来没有弄丢过它们。而那些把坚果埋在地下的松鼠，往往会弄丢一大半坚果，因为他们总是忘记把坚果藏到哪里去了。

在这片树林里，住着一个健忘的小松鼠，他的名字叫银尾巴。一到挖取坚果的时候，他就老想不起自己把坚果藏到什么地方去了。他只好不停地东挖挖西挖挖，结果就难免会挖到其他松鼠埋藏的坚果，一场争斗也就爆发了。弄得其他松鼠也跟着挖啊挖啊，到最后，整个树林就会变得一团糟。

这时，飞来了一群小鸟，他们在灌木丛间飞来飞去，寻找毛毛虫和蜘蛛吃。有几只小鸟，还唧唧喳喳地唱起了歌。

第一只小鸟唱道："谁把我的坚果藏起来了？谁把我的坚果挖走了？"

另一只小鸟唱道："我有一块小面包，可是我却没干酪！我有一块小面包，可是我却没干酪！"

小松鼠们好奇地跟在小鸟身后，仔细地听他们唱歌。提米脚尖夫妇正在一声不响地捆扎装坚果的口袋。这时，第一只小鸟朝夫妇俩唱道："谁把我的坚果藏起来了？谁把我的坚果挖走了？"

提米脚尖继续捆扎装坚果的口袋，没有理会他。当然，小鸟也从不指望谁来回答，因为这些歌只是随口编出来的，没有任何意义。

可是那些没找到自己坚果的小松鼠听到这些歌，就立刻冲过来，按住提米脚尖，又打又挠。那只小鸟没想到自己捅了娄子，急忙飞走了。

提米脚尖打了个滚儿，朝自己的家跑去。那群松鼠跟在后面，紧追不舍，嘴里还不住地喊道："谁把我的坚果挖走了？"

小松鼠们终于又捉住了提米脚尖，把他拖到了那棵有啄木鸟洞的大树上。对于圆滚滚的提米脚尖来说，那个树洞实在太小了。小松鼠们用力地塞啊塞啊，居然没有折断提米脚尖的肋骨，这可真是一个奇迹。

"我们就把他丢在这里，直到他认错为止。"小松鼠银尾巴说道，然后他就朝树洞大喊道："谁把我的坚果挖走了？"

提米脚尖没有吭声。他跌进了树洞，落在了自己收藏的一大堆坚果上。他昏了过去，躺在那里一动也不动。

古蒂脚尖拾起装坚果的口袋，慢慢走回了家。她为提米脚尖泡了一杯茶，可他没有回来，一直也没有回来。

就这样，古蒂脚尖度过了一个孤独而忧伤的夜晚。第二天早晨，她冒着危险返回灌木丛，寻找自己的丈夫提米脚尖。可是，那些霸道的小松鼠把她赶走了。

她找遍了整个树林，不停地呼唤着："提米脚尖！提米脚尖！你到底在哪里呀，提米脚尖？"

提米脚尖醒来后，发现自己躺在一张小青苔床上。这时候，他感到自己全身疼痛。这里黑糊糊的，好像是在地下。提米脚尖咳了两声，痛苦地呻吟着，因为他的肋骨受了伤。

这时，他听到了一个快活的声音——一只浑身长着条纹的小花栗鼠，举着一盏灯，站在他身旁，亲切地问道："感觉好些没有？"

小花栗鼠对提米脚尖极为友善，他借给提米脚尖一顶睡帽，并告诉他可以在这里安心养伤，因为这个树洞里装满了各种食物。

　　小花栗鼠告诉提米脚尖，当"坚果雨"落下的时候——"我还找到了一些埋在地下的坚果呢！"

　　小花栗鼠听了提米脚尖的故事，一直笑个没完。在提米脚尖躺在床上养伤的日子里，小花栗鼠一直劝他多吃点。"可是，如果我瘦不下来，怎么能从这个树洞爬出去呢？我的妻子不知有多担心呢！"

　　"没关系，再吃一两个坚果吧！来，我帮你把它敲开。"小花栗鼠说道。

　　就这样，提米脚尖变得越来越胖了。

现在，古蒂脚尖只能自己单独工作了。她不再把坚果藏在啄木鸟的树洞里，因为她担心，自己再也不能把它们从里面拿出来。她把坚果藏在一个大树根下的树洞里，它们滚啊滚啊，一直滚到底部。一次，古蒂脚尖在倾倒坚果时听到了一声尖叫。第二次，她又带来了满满一口袋坚果，一只浑身长着条纹的小花栗鼠急匆匆地从树洞里跑了出来。

"楼下已经满了，客厅也满了，现在它们都滚到走廊里来了！我丈夫哈齐已经逃走了，把我单独留在了这里。我真是搞不明白，怎么会有这种坚果雨呢？"

"真是对不起，我不知道你住在这里。"古蒂脚尖说道，"可是，小花栗鼠哈齐去哪里了呢？唉，我的丈夫也不见了。"

"我知道哈齐在哪里，那是一只小鸟告诉我的。"哈齐夫人说道。

哈齐夫人拉着古蒂脚尖，来到啄木鸟的树洞前。她们站在树洞口仔细倾听着。

树洞里传出敲坚果的声音，一个浑厚的声音和一个尖细的声音合唱起歌来：

我家的老头子，和我吵架了。

我们该怎么办，才能和好啊？

你快跟我和好吧，我的老头子！

老头子啊你走了，快快回家来团圆！

"你可以从这个小洞钻进去？"

"我可以做到。"小花栗鼠说，"可是，如果我那样做了，我的丈夫——小花栗鼠哈齐会咬我的。"

这时，树洞下面又传出敲坚果的声音，还有"喀喀"的咀嚼声。那两个声音又唱起歌来：

好日子啊多悠闲，
过了一天又一天。
悠闲的日子没烦恼，
过了一天又一天。

这时，古蒂脚尖把头伸进洞口，朝下面喊话："我的提米脚尖！呸，呸，没良心的提米脚尖！"

提米脚尖激动地喊起来："古蒂脚尖，是你吗？哦，听话音就是你！"

提米脚尖爬到洞口，想伸出头，亲吻他的妻子古蒂脚尖。可他现在实在太胖了，根本出不来！

花栗鼠哈齐可不胖，但他根本不想出去，他蹲在树洞底下，一个劲儿地哈哈大笑。

两个星期过去了。一天，风雨大作。狂风刮飞了树冠，树洞被掀开了，雨水灌了进来。

提米脚尖爬出洞口，打着一把雨伞，回家了。

可花栗鼠哈齐又在树洞里住了一个星期，尽管那里确实有点不舒服。

最后一只大狗熊闯入树林，他不停地到处闻啊嗅啊，也许是在找坚果吧！

花栗鼠哈齐见势不妙，
一溜烟儿跑回了家。

花栗鼠哈齐一回到家
中，就得了伤风感冒，所
以更不舒服了。

现在，提米脚尖夫妇把他们的坚果储藏室锁了起来。

　　后来，每当小鸟看到花栗鼠，就会唱："谁把我的坚果藏起来了？谁把我的坚果挖走了？"

　　可是，再也没有人回答他！

18

The Tale of Mr. Tod

托德先生的故事

（1912 年）

我已经写了很多书，书中的主人公都是善良的小动物。现在，我想尝试一下新的题材，讲一讲两个讨厌鬼的故事，他们就是汤米·布罗克和托德先生。

没有谁会认为托德先生是个"好人"。小兔子们尤其受不了他，他们在半英里之外就能闻到他身上散发出来的怪味。他留着典型的狐狸胡子，喜欢四处乱窜。

他行踪不定，谁也不知道他下一刻将出现在哪里。

他可能今天会住在树林边的一个木屋子里，让老本杰明先生一家

胆战心惊；第二天又搬到湖边一棵修剪过的柳树下，让那里的野鸭和水鼠惶惶不安。

在冬季和初春，他常住在大堤旁的一个岩洞里。这个岩洞位于悬崖下。

他拥有六座房屋，但他住在家里的时候很少。

在托德先生离开家的日子里，这些房子并非总空着，因为这时汤米·布罗克会搬进来——他总是不请自来。

汤米·布罗克是一个矮胖子，身上长着短刺，走起路来总是摇摇晃晃的。他的脸上总是笑呵呵的，露出满嘴的大牙，怪吓人的。他的习惯可不太好——喜欢吃青蛙、黄蜂的巢和蠕虫，还喜欢在月光下四处挖东西。

他的衣服总是脏兮兮的，喜欢白天睡觉，而且上床时连鞋子都不脱。当然，他睡觉用的床，通常都是托德先生的。

偶尔，汤米·布罗克也会吃兔子肉的馅饼。他不常这样做，但食物十分短缺的情况下除外。他和老本杰明先生的关系还比较友好，他们都不喜欢邪恶的坏水獭和托德先生，所以经常会一起谈论这两个讨人厌的家伙。

老本杰明先生年事已高，身体多病。这一天，他披着一条围巾，坐在自家洞穴的外面，一边吸着兔式的烟斗，一边沐浴着春天的阳光。

他跟他的儿子本杰明和儿媳妇弗洛普西住在一起。这是一个年轻的家庭，因为他的儿媳妇刚生了一窝小兔子。这天下午，老本杰明先生负责看家，因为儿子和儿媳妇都出门去了。

兔宝宝们刚睁开他们的眼睛，才学会踢腿。他们躺在一个浅洞里，柔软蓬松的床上垫着兔毛和干草。这个浅洞同主兔子洞是分开的。

不过说实话，老本杰明先生早就把照顾小兔子的事给忘得一干二净了。他坐在阳光下，与汤米·布罗克相谈正欢。汤米·布罗克随身带着一个口袋，里面有一把小锄头和一些捕捉老鼠的器具。

汤米·布罗克愤恨地抱怨雉鸡蛋越来越稀缺，并指责偷猎者就是托德先生。冬天，在他睡着的时候，水獭已经捉光了所有的青蛙。"我已经两星期没有吃过一顿像样的饱饭了。我是吃荤的獾猪呀，而整天吃坚果的生活快把我变成素食主义者了，看来我只能啃自己的尾巴了。"汤米·布罗克说。

这听起来并不好笑，可还是把老本杰明先生逗乐了。在他眼里，汤米·布罗克那么胖，那么矮，又龇牙咧嘴的，显得是那么滑稽。

因此，老本杰明先生大笑着，把汤米·布罗克让进兔子洞里面，还请这位客人品尝一种美味的种子饼，以及"我儿媳妇弗洛普西酿造的迎春花酒"。于是，汤米·布罗克愉快地挤进了兔子洞！

然后，老本杰明先生又点上一袋烟，并递给汤米·布罗克先生一根用甘蓝叶裹的雪茄。雪茄的味道是那么浓烈，这让汤米·布罗克的笑容有些僵硬，他的嘴比以往任何时候咧得更大了。一时间，洞穴里充满了烟雾。老本杰明先生一边咳嗽一边大笑，而汤米·布罗克一边吸烟一边咧着大嘴笑。

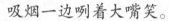

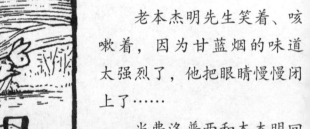

老本杰明先生笑着、咳嗽着，因为甘蓝烟的味道太强烈了，他把眼睛慢慢闭上了……

当弗洛普西和本杰明回来的时候，老本杰明先生才醒过来。汤米·布罗克和所有的兔宝宝都不见了！

老本杰明先生本不想承认他带谁进了兔子洞。但不可否认的是，兔子洞里充满了獾的气味，而且地上留下了清晰的大脚印。老本杰明先生做了一件最丢人的事情！弗洛普西拧着他的耳朵，打了他一巴掌。

　　小本杰明立刻去追赶汤米·布罗克。

　　其实，想找到汤米·布罗克并不难，只要跟踪他的大脚印就可以了。这串脚印蜿蜒在林间小径上。一路上，汤米·布罗克一会儿除去根深蒂固的苔藓，一会儿拔掉路旁的酢浆草。他还挖了一个相当深的洞，制造了一个陷阱。陷阱中不但有毒麦子，还有个捕鼠夹。一条小溪横在小路上。本杰明轻轻跳了过去，连脚都没有湿。可是，獾的大脚印在泥泞中却是那么明显。

小路通向了灌木丛，这里的树已经被砍伐了，只留下了栎树桩和一片蓝色风信子。不过，一股气味使本杰明本能地停下了脚步，那可不是花的香味！

托德先生的房子出现在他面前。这一次，托德先生难得在家。这不仅可以从浓重的狐狸气味得到证明，还有一股烟从房顶上用破桶做的烟囱里冒了出来。

小兔子本杰明坐下来，盯着烟雾看，他的胡子不住地抽动着。房子里面传出盘子破碎的声音，还有谁在说些什么。本杰明踩了踩脚，立刻转身躲开了。

他跑啊跑，一直来到树林的另一边，才停下来。显然，汤米·布罗克不久前曾经来过这里：墙头上留下了獾的脚印，在一棵荆棘上还挂着从口袋里扯下的一些线头。

本杰明翻过墙，进入了一片草地。在这里，他发现了另一个新设置的捕鼠器。看来，他还得沿着汤米·布罗克的足迹跟踪。天色已晚，其他小兔开始走出洞穴，享受傍晚的清新空气。其中，有一个穿蓝色外套的小兔子，正忙着采集蒲公英。"彼得表弟，小兔子彼得！"小兔子本杰明叫道。

穿蓝色外套的小兔子停下来，竖起了耳朵——

"出了什么事，本杰明表哥？你遇到了一只猫吗？还是碰到了白鼬约翰·斯托特？"

"不是，不是，都不是！他——汤米·布罗克，偷走了我的孩子。你看到汤米·布罗克背着一个袋子走过去了吗？"

"汤米·布罗克？他偷了多少小兔子？"

"七个小兔子，彼得表弟，他们都是一胎生的多胞胎！他有没有从这条路经过？快告诉我，快点！"

"对，对——不超过十分钟！他说口袋里都是毛毛虫。我觉得很蹊跷，毛毛虫怎么可能踢得那么厉害呢？"

"哪条路？他往哪个方向走了，彼得表弟？"

"他背着一口袋鲜活的东西，我还看到他安了个捕鼠器呢。让我想想，本杰明表哥。请把事情的整个经过告诉我。"于是，本杰明忙把事情的经过说了一遍。

"老本杰明老糊涂了，太不幸了！"彼得沉思了一会儿说，"不过，有两点表明你还是挺有希望的：首先，你的孩子们都还

活着；其次，布罗克·汤米已吃过茶点，他可能会去睡觉，把小兔子留作第二天的早餐。"

"他走的是哪条路呀？"

"本杰明表哥，镇定一点。我很清楚他走的是哪个方向。因为托德先生正待在家中，那么他一定去了托德先生的另一所房子，那房子在大堤上。我还知道一些情况，因为他爱把什么事都告诉我的姐姐棉尾巴。他问过我要不

要给棉尾巴带口信，他说，他会经过她住的地方。"

棉尾巴嫁给了一个黑色的兔子，他们住在山上。

彼得藏起了他的蒲公英，并陪同表哥本杰明一起去找他那些可怜的孩子们。他们穿过几块田地，然后开始爬山。汤米·布罗克的脚印很明显，清晰可辨。他似乎每走一段路，就放下口袋休息一会儿。

"他一定是很累了。从他的气味来判断，我们已经离他很近了。这个卑鄙的家伙！"彼得说。

阳光依然温暖，斜照在牧场的山坡上。在半山腰，他们看到棉尾巴坐在自家门口。有四五个半大的小兔子围着她一起玩耍，有一个是黑的，其他都是褐色的。

刚才，棉尾巴看到汤米·布罗克远远地经过这里。汤米·布罗克还询问她的丈夫是否在家。她亲眼看到汤米·布罗克在路上休息了两次。

她还说，他点点头，并指了指口袋，笑得很开心。"走吧，彼得，他会把小兔子们煮熟的，快走吧！"小兔子本杰明说。

他们爬上了山——"他在家，我看见他的黑耳朵了。他正在窝里向外偷看呢！"

"他们都住在岩石堆附近，想吵架都找不到邻居。本杰明表哥，走吧！"

当他们接近大堤上的树林时，他们就得小心翼翼了。这些树木都生长在岩石之间——在那里，峭壁下面，托德先生给自己造了一个小房子。这个小房子建在一个陡峭的堤岸顶部，上面覆盖着岩石和灌木丛。两只小兔子一边悄悄地往上爬，一边仔细聆听着四周的动静。

　　这座房子像一个山洞，又像一个监狱……或者说更像一个几乎坍塌的猪圈。

　　房子的大门很坚固，紧闭着，并上了锁。

此时的夕阳喷射出红色的火焰，把窗玻璃照得闪闪发光，但厨房里并没有点火。这里的干柴摆得整整齐齐的，两只小兔子透过窗户，可以看得一清二楚的。

本杰明终于松了一口气。

但是，厨房的桌子上摆放的一些东西使他不寒而栗：桌子上摆着一个巨大的空馅饼盘，一把大餐刀，一个餐叉，还有一把斧子。

在桌子的另一端，是一块叠好的餐桌布。上面摆着一个盘子、一个大玻璃杯、一副刀叉、盐罐子、芥末，旁边还放着一把椅子——总之，这些都是为一个家伙的晚餐作准备的。

这里并没有人，也没有小兔子们。厨房里空空的，一片沉静，甚至连时钟也已经停止了摆动。彼得和本杰明把鼻子平贴在窗口上，凝视着暮色中的厨房。

然后，他们绕过一堆岩石，来到房子的另一侧。这里很潮湿，又散发着臭味，四周长满了荆棘和石楠。

两只小兔子的小腿一直在瑟瑟发抖。

"哦，我那可怜的兔宝宝！多么可怕的地方！我恐怕永远也见不到他们了！"本杰明叹了口气。

他们蹑手蹑脚地爬上了卧室的窗户。卧室的窗户也紧闭着，像厨房一样。不过可以看出，这个窗户刚刚被打开过。因为这里的蜘蛛网被搅乱了，窗台上还留下了肮脏的新脚印。

　　这个房间里很黑，刚开始他们什么也看不清。但是，他们听到了一种噪音——那是低沉、均匀的呼噜声。而当他们的眼睛逐渐习惯了房间的黑暗，他们看到一个家伙正躺在托德先生的床上，蜷缩在毯子里，睡着了。

　　"他居然穿着靴子睡觉呢。"彼得低声说。

本杰明紧张极了，他把彼得拉下了窗台。

汤米·布罗克继续打着呼噜。可是，小兔子们到底在哪里呢？

太阳已经落山，猫头鹰的叫声开始回荡在树林里。房子周围散落着许多让人毛骨悚然的东西——兔子的肋骨和头骨，鸡腿……它们真应该被掩埋掉！——这里黑糊糊的，太恐怖了！

他们回到房子的前面，试图以各种方式拨开厨房窗口的窗栓，试图拔出窗户框格之间的一个生锈的钉子，但是都失败了，尤其是在屋子里没有一丝亮光的情况下。

他们并肩坐在窗外，窃窃私语着，听着里面的动静。

半小时后，月亮升起来了。它把清冷的光辉洒在岩石间的这座小房子上，透过厨房的窗口照亮了厨房。可是，唉，依然不见小兔子的踪影！

皎洁的月光照在切肉刀和馅饼盘上，在肮脏的地板上投下一线光亮。

月光照出厨房壁炉旁墙上的一个小门——这是一个小铁门，安装在用木柴加热的那种老式砖炉上。

现在，彼得和本杰明都注意到，每当他们摇动窗户，那个小门就会摇晃着作答。看来，小家伙们都还活着，他们被关在炉灶里了！

本杰明太激动了，这的确是件幸事，他没有吵醒汤米·布罗克。汤米·布罗克的鼾声还在托德先生的床上回响着。

但是，他们无法打开窗户。虽然小家伙们还活着——小兔子太弱小了，他们没有足够的力气爬出来。

经过一番耳语，彼得和本杰明决定挖一条隧道，搭救那些小兔子。于是，他们在离大堤一两码的地方开始挖洞了。他们希望，可以在大石头之间挖一条隧道，通往厨房。可是，厨房的地板是如此肮脏，很难分清哪里是土地，哪里是石板。

他们挖啊挖，一口气挖了好几个小时。很遗憾，他们不能把隧道直接挖到厨房里，因为那里到处都是石头。但在天亮前，他们还是把

隧道挖到了厨房的地板下。本杰明躺在地上，开始向上挖。彼得的爪子都磨破了。他走出隧道，负责运送本杰明挖的土。不久，他突然大叫起来——天亮了，太阳出来了，鸟儿们开始在树林里唱歌了。

小兔子本杰明走出黑暗的隧道，摇了摇耳朵里的沙子，用爪子洗了洗他的脸。这时，太阳照在了山顶上，真暖和啊！在山谷中，出现了一片白色的雾海。阳光透过枝叶的缝隙，给树木穿上了金色上衣。

忽然，从山下的雾海中传来了一声尖锐的松鸦叫声，接着是狐狸刺耳的尖叫声！

一瞬间，这两只小兔子完全失去了理智，做出了最愚蠢的事——他们一头冲进他们刚挖的新隧道，藏在了最里面，而那个位置正好在托德先生的厨房地板下。

这时，托德先生走上了大堤，他的心情很糟糕。首先，他为打破了盘子而懊恼。虽然是他自己的错，不过这可不是一般的瓷盘子，是他的祖母——老维克森·托德留给他的最后一件遗物。其次，飞来飞去的蠓虫也让他心烦。最后，他钻进野鸡的巢穴，却一只野鸡也没捉住，那里只有五个蛋，其中两个还是臭的。

对托德先生来说，这是一个多么郁闷的夜晚呀！

像往常一样，当心情不好的时候，他就会决定搬家。首先，他去了柳树林那里，但那里很潮湿，而且水獭还在附近留下了一条死鱼。托德先生不喜欢别人吃剩的残渣，除非那是他自己的猎物。

于是，他走上了山路。看到那只獾留下的标志，他

的心情更糟了。再没有人像汤米·布罗克那样，喜欢肆无忌惮地挖青苔了。

托德先生把他的棍子往地上一戳，火冒三丈。他已经猜测到汤米·布罗克去哪儿了。还有一件令他恼火的事情，就是那只松鸦一直跟随着他。松鸦飞到树上骂他，并警告附近的每一只兔子——有一只狐狸到树林里来啦！有一次，当松鸦在托德先生的头顶尖叫时，托德先生厉声斥责他，并扑打他。

他拿出一把生锈的钥匙，警觉地走近了他的房子。他仔细地闻了闻，胡须立了起来。房子被锁起来了，但托德先生怀疑里面有人。他把生锈的钥匙插入锁孔，两只小兔子在隧道下面可以听到它的转动声。托德先生打开门，谨慎地走了进去。

托德先生走进厨房，眼前的景象使他的眼睛喷出了愤怒的火焰。这里有托德先生的椅子，托德先生的盘子，还有他的刀叉、芥末、盐罐子，以及他早已折叠好的餐桌布——这一切都是为晚餐（或早餐）准备的。毫无疑问，这都是可恶的汤米·布罗克干的！

空气中充斥着新鲜的泥土味，同时掺杂着那只肮脏的獾的气味。幸运的是，这一切掩盖了兔子的气味。

但最吸引托德先生的，是一种噪声——从他的床上传过来的低沉而均匀的呼噜声。

他透过半开的卧室门的铰链，朝里面偷看。然后，他转身走出了小房子。他的胡子竖起来了，甚至他竖起的大衣衣领旁的青筋也暴了出来。

　　在接下来的二十分钟里，托德先生不时小心翼翼地走进屋，又急忙退出来。后来他不耐烦了，大胆地走进了他的卧室。当他在屋子外时，用不断地刨土来发泄愤怒。当他来到屋子里面，却又冷静下来，因为他看到了汤米·布罗克的大牙。

　　汤米·布罗克朝天躺着，他的嘴咧到了耳根，依然笑嘻嘻的。他打鼾时平和而均匀，但是他的一只眼睛还半睁着。

　　托德先生不停地进出卧室。有两次他带着手杖，有一次他把煤桶带进来。但他又想到了一个更好的主意，所以把这些东西都拿走了。

　　当托德先生拿出煤桶后，汤米·布罗克正好翻了一个身，侧面躺着，但他似乎睡得更踏实了。真是一个不可救药的懒汉！他根本不怕托德先生，他睡得太舒适了，都懒得动了。

当托德先生再次回到卧室的时候，手里拿着一根晾衣绳。他在汤米·布罗克身边站了足足一分钟，注视着他，仔细辨别他的鼾声。鼾声的确很响亮，似乎很自然。

托德先生转过身，他的后背正对着床，马上打开窗户。窗户吱吱作响，他急忙转过身。汤米·布罗克迅速睁开了一只眼睛，不过又马上闭上了，继续打鼾。

托德先生的行为很古怪，而且令人不解——因为床正好位于窗户和卧室的门之间。他打开窗户，一点点地把晾衣绳的大部分放到窗台的外面。剩下的部分和最后一个钩子，仍然握在他的手中。

汤米·布罗克的鼾声依然很认真。托德先生站着，看了他足足一分钟，然后离开了房间。

汤米·布罗克睁开双眼，看着那条绳索，笑了。这时，有一阵噪声从窗外传来。汤米·布罗克又急忙闭上了眼睛。

托德先生走出前门，绕到房子的后面。在路上，他被兔子洞绊了一跤。要是托德先生知道谁在里面的话，一定会马上把他们拖出来。

托德先生的一只脚陷入了隧道，几乎踩到了小兔子彼得和本杰明的头上，但幸运的是，他认为这不过是汤米·布罗克的杰作。

他从窗台外拿起晾
衣绳，听了一会儿，然
后把绳子绑在树上。

汤米·布罗克睁开
一只眼睛，透过窗户看
着他。对托德先生的古
怪举止，他感到很困惑。

托德先生从泉眼那
里取来满满一桶水，穿
过厨房，走进卧室。

汤米·布罗克非常卖劲儿地打着鼾，同时用鼻子哼了一声。

托德先生走到床边，放下他的水桶，拿起绳子带钩的一头。他犹
豫了一下，看了看汤米·布罗克。汤米·布罗克的鼾声听上去好像是
中风了，而且嘴也咧得没那么厉害了。

托德先生小心翼翼地爬上床头架边的一把椅子，他的双腿离汤米·
布罗克的牙齿非常近，真危险啊！

他伸手拉着绳子的一端，把挂钩挂在床顶的木架上，通常，那里应该挂窗帘。

（由于房子很久都没有人住，托德先生早就把窗帘折叠起来，放好了。所以，汤米·布罗克只盖了一条毛毯。）

托德先生摇摇晃晃地站在椅子上，认真看了看下面的汤米·布罗克，他真是嗜睡如命啊！仿佛世界上发生什么事都不会吵醒他，甚至在床边系绳子的声音也不例外。

托德先生从椅子上安全地跳下来，并努力把水桶提到椅子上。他打算把它挂在钩子上，悬在汤米·布罗克头上，让汤米·布罗克好好儿洗一个淋浴！当然，只要从窗口拉过绳子，系好就可以了。

但是，一个长着细腿的家伙（虽然他气势很盛，还长着大胡子）

是很难抬起重物并把水桶挂到钩子上的。他差点失去平衡，几乎从椅子上摔下来。

下面的鼾声越来越大了。汤米·布罗克的一条后腿在被窝里抽搐了一下，但他仍然睡得很安详。

托德先生安全地提着水桶，从椅子上下来了。

经过深思熟虑，他把水倒进脸盆和水壶。空水桶对他来说不算太重，他举着它，拴在汤米·布罗克的脑袋上方。空水桶不停地摆动着。

的确，从来没见过谁睡得这么死！托德先生在椅子上爬上爬下，居然没有吵醒他。

托德先生抬不起满满一桶水，于是他端来一个牛奶罐，一次次地把水舀进水桶里。桶里的水越来越满了，就像一个钟摆，在半空中晃动起来。偶尔有一两滴水溅下来，躺在床上打鼾的汤米·布罗克依然纹丝不动，除了一只眼睛偶尔眨那么两下。

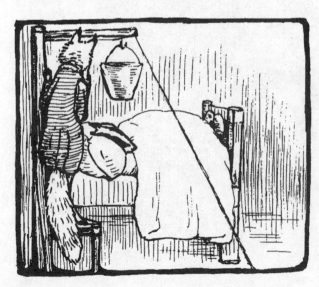

最后，托德先生的准备工作总算完成了。桶里的水是满的，绳子的一头紧紧地拴在床的上方，另一头系在窗台外面的大树上。

"这将把我的卧室搞得一团糟，我再也不会睡在那张床上了，除非进行一次彻底的春季大扫除。"

托德先生心想。

托德先生最后看了那只獾一眼，就轻轻地离开了房间。他走出屋子，关上了前门。这时，两只小兔子通过隧道能听到他的脚步声。

他跑到房子后面，打算把绳子解开，把满满一桶水浇在汤米·布罗克身上。

"我用这种独特的方式叫醒他，让他也发发火。"托德先生说。

托德先生一走，汤米·布罗克匆忙起身。他把托德先生的睡衣卷成捆，放入水桶下方的床铺上，做出自己还睡在床上的样子。然后他也离开了房间，龇牙咧嘴的，显得极为得意。

他走进厨房，点上火，烧上一壶水。这时，他暂时没有心思去煮小兔子了。

托德先生来到树下，发现由于重量太大，绳结紧紧的，很难解开。他不得不用牙齿去啃它，而且啃了足足有二十分钟。最后，绳子突然绷开了。可是，这几乎扯下了他的牙，他仰面朝天，重重地摔在了地上！

屋内响成一团：有巨大的撞击声、洒水声，还有一个水桶不停滚动所发出的噪音。

但是，没有尖叫声。

　　托德先生糊涂了，他一动不动地坐在那里，并仔细地聆听。

　　然后，他走过去，在窗户旁偷偷往里看。水正从床上不断滴落，水桶则滚到了一个角落里。

在床毯子的中间，有一个湿漉漉的东西——那个东西在腹部的中间位置，被水桶砸扁了，就像被横着轧过肚子似的。那个东西的头上裹着湿毯子，而且不再打鼾了。

房间里没有任何慌乱的迹象，除了水从床上不断滴落所发出的滴答声，什么动静也没有。

托德先生看了足有半小时，他的眼睛闪闪发光。

然后，他兴奋地跳跃起来，甚至大胆地敲了敲窗户，但那个东西纹丝未动。

是的——有一点是毫无疑问的——再也没有什么比这更好的计划了，水桶击中了可怜的汤米·布罗克，而且砸死了他！

"我要挖个洞，把这个讨厌的家伙埋了，还要把被褥带出来，在太阳下晒干。"托德先生说。

"我会洗净桌布，铺在草地上，在太阳下消毒。毯子必须挂起来，在风中吹干。那张床也必须彻底消毒，并把它烘干，最后用一个热水瓶子把它焐暖。"

"我还要买软肥皂、猴子香皂、各种肥皂和苏打水，还有硬毛刷、消毒粉和石碳酸，去除所有的异味。我必须进行一次彻底的消毒，也许我还要烧一些硫磺呢。"

他急忙绕过屋子，从厨房拿了一把铲子——"首先，我要挖好一个洞，然后把那个家伙从被窝里拖出来——"

他打开门……

只见，汤米·布罗克正坐在托德先生的餐桌旁，拿起托德先生的茶壶，把茶倒进托德先生的茶杯里。他身上连一个水珠也没有，满脸笑嘻嘻的。然后——他端起茶杯，把滚烫的水泼向了托德先生。

托德先生扑向汤米·布罗克，汤米·布罗克和托德先生在一堆碎陶片里扭打起来，厨房里爆发了一场异常激烈的战斗。对于隧道里的小兔子，每件家具坠落在地，听起来都震耳欲聋，仿佛是整座房子塌下来一样。

两只小兔子蹑手蹑脚地爬出他们自己挖的隧道，躲在岩石和灌木之间，焦急地倾听着。

屋内的厮打太吓人了。关在烤炉里的兔宝宝醒了，浑身瑟瑟发抖。也许，他们被关在里面还是幸运的呢。

屋内的一切都被打翻了，除了餐桌。

所有的东西都被打破了，除了壁炉和厨房的护栏。陶器也摔得粉碎。

椅子被砸烂了，窗玻璃、挂钟摔下来，支离破碎，残渣满地。地上甚至还有一把托德先生的淡棕色的胡子。

花瓶从壁炉旁的架子上掉下来，货架上的小罐子也掉下来，水壶也从炉子上滚了下来。汤米·布罗克的一只脚突然伸进了树莓果酱罐中。装满开水的水壶落下来，砸在了托德先生的尾巴上。

水壶落下来的时候，汤米·布罗克仍然笑嘻嘻

的，正好扑在托德先生身上。两个家伙扭打成一团，像滚木头一样，一直滚到托德先生家的厨房门口。

然后，厮打转移到了门外。他们滚过了大堤，滚下了小山，撞在了岩石上。汤米·布罗克和托德先生之间，再也不会有什么友谊了。

看到两个家伙越滚越远，小兔子彼得和本杰明立刻从灌木丛钻出来。

"现在，快！快去救人，本杰明表哥！快去救人！我守在门口。"

但本杰明被吓坏了。

"噢！噢！他们会回来的！"

"不，他们不会回来的。"

"会的，他们会回来的！"

"怕什么！我觉得，他们已经滚下了采石场。"

不过，本杰明又犹豫了一下，彼得一直在鼓励他："快，现在是救小兔子的最佳时机。一定要把炉门再关上，本杰明表哥，这样他就不会发现小兔子不见了。"

可以肯定，在托德先生的厨房里，解救行动正在争分夺秒地进行！

在家里的兔子洞，也丝毫不平静。

晚饭后，弗洛普西和老本杰明先生吵了一架。然后，他们度过了一个不眠的夜晚。在吃早饭时，他们再次吵了一架。老本杰明先生再也不能否认，他曾经邀请客人进了兔子洞。但是，他拒绝回答弗洛普西的问题和责备。压抑的一天就这样过去了。

老本杰明先生非常难过，他蜷缩在一个角落里，用一把椅子作路障掩护自己。他的儿媳妇拿走了他的烟斗，把他的烟草也藏了起来。为了减轻她的哀伤，她翻箱倒柜，进行了一次彻底的春季大扫除。见她刚刚完成，老本杰明先生躲在他的椅子后面，紧张地盯着她，不知道她下一步要做什么。

在托德先生的厨房里，一片狼藉。小兔子本杰明穿过厚厚的尘埃，小心地向烤炉走去。他打开炉门，摸了摸，找到了一堆温暖的小东西，他们还在蠕动着。他小心地提起他们，赶紧去跟彼得会合。

"我找到他们了！我们能逃走吗？我们还要不要隐藏起来，彼得表弟？"

彼得竖起耳朵，听了听，打斗声仍然在遥远的树林里回荡着。

五分钟以后，两只气喘吁吁的兔子跑到了大堤下。他们半抬半拖着一个大口袋，在草地上跌跌撞撞地走着。最后终于安全到家了，冲进了兔子洞。

彼得和本杰明带着胜利的喜悦，救回了小兔子们。弗洛普西万分高兴，老本杰明先生也如释重负。兔宝宝们都被吓坏了，也饿极了。他们吃完东西，就睡觉了。然后他们很快就康复了。

老本杰明先生得到了一份礼物——一个新的长管烟斗和新鲜的烟草。虽然他很爱面子，但他还是接受了。

老本杰明先生得到了大家的宽恕，他们开心地吃了一顿团圆饭。

彼得和本杰明把他们的故事告诉了老本杰明先生和弗洛普西。但是，他们没有等待足够长的时间，所以不知道汤米·布罗克和托德先生之间的战斗到底胜负如何。

是啊，关于这个问题，谁不想迫切地知道呢？

19

The Tale of Pigling Bland

小猪布兰德的故事

（1913 年）

从前，有一个上了年纪的猪太太，大家都叫她佩蒂托斯姑妈。她一共生了八个孩子，四个女孩——珂罗斯、莎珂、笑笑和丝波

特，四个男孩——亚历山大、小猪布兰德、晨晨和斯达比。斯达比的尾巴出过一次事儿。

八只小猪都很能吃。"哎呀，哎呀！他们真能吃，他们真能吃啊！"佩蒂托斯姑妈看着自己的孩子们，骄傲地说。

突然，传来一声长长的凄厉的尖叫！原来，亚历山大钻进猪槽的铁环里，被卡住，出不来了。

佩蒂托斯姑妈和我一起抓住他的后腿，用了很大的力气，才把他拉出来。

晨晨也做过一件很丢人的事：在洗衣服的

时候，他不小心吞下了一块肥皂。

不一会儿，在一个放干净衣服的篮子里，我们又发现了一只小脏猪。

"啧，啧，啧！这到底是谁啊？"佩蒂托斯姑妈抱怨道。

佩蒂托斯姑妈一家子的皮肤都是粉红色的，有的是粉红中带着几颗黑点。可是，这只小脏猪却全身漆黑！直到她一头跳进浴盆中，大家才认出来，原来是笑笑！

我走进菜园的时候，看到珂罗丝和莎珂正在那儿拔胡萝卜呢。我立刻跑过去，打了她们一顿，然后揪着她们的耳朵，把她们拖出了菜园，这时，珂罗丝竟然还想用她的小牙咬我呢！

"佩蒂托斯姑妈，佩蒂托斯姑妈！你是一个十分可敬的母亲，可是你的孩子们实在太调皮了。除了丝波特和小猪布兰德，其他的小猪都太淘气了。"

"是啊，是啊！"佩蒂托斯姑妈感叹道，"他们每天都要喝下成桶成桶的牛奶，看来，用不了多久，我必须再去买一头奶牛了！唉，把温顺听话的小丝波特留在家里，帮我做些家务，其他的小猪就都出去自谋生路吧。四个男孩子再加上四个女孩子，我的孩子实在太多了！"

佩蒂托斯姑妈仔细想了一想，接着说："是啊，他们一走，家里的粮食就够吃了。"

就这样，晨晨和莎珂坐上一辆独轮推车离开了家，斯达比、笑笑和珂罗丝也乘着一辆大车走了。

另外两只小猪——布兰德和亚历山大，他们准备去市场上找工作。

我们刷好他们的外套，卷起他们的尾巴，洗了洗他们的小脸，最后在院子里为他们送行。

佩蒂托斯姑妈很伤心，不住地用一块大手帕擦着眼睛。她擦去小猪布兰德的鼻涕和眼泪，又擦掉亚历山大的鼻涕和眼泪，然后把手帕递给了丝波特。最后，她叮嘱那两只小猪："哦，布兰德，我的儿子，你现在必须去市场了。路上，你要牵着你的弟弟亚历山大的手，注意不要

弄脏礼服，还要记得擤鼻涕啊——"说着，佩蒂托斯姑妈又把手帕传了一圈，"小心保管好你们随身携带的行李啊！当心陷阱、鸡栏、熏肉加蛋。另外，一定要用你们的后腿走路啊！"

小猪布兰德的性情很稳重，他看着妈妈，虽然极力控制自己的情绪，可眼泪还是顺着两颊淌了下来。

佩蒂托斯姑妈又把目光转向了她的另一个儿子亚历山大："哦，我的儿子亚历山大，记得和你的兄弟手牵手啊——"

"呵呵，呵呵，呵呵！"亚历山大还不大懂事，他傻笑起来。

"记住，牵着哥哥布兰德的手。现在，你们该去市场了，一路要当心啊——"

"呵呵，呵呵，呵呵！"不懂事的亚历山大再次打断了妈妈的话。

"你又气我，"佩蒂托斯姑妈说，"注意路标和里程，不要囫囵地吞下青鱼骨头，别扎破喉咙啊——"

"你们还要记住，"我叮嘱他们说，"一旦穿越了这个郡的边界，你们就再也不能回来了。

喂，亚历山大！你有没有注意听我的话啊？好了，这是两张小猪执照，有了它们，你们就可以前往兰开复市场找工作了。注意，亚历山大！这两张小猪执照，可是我费了很大的力气，才从警察那里办下来的啊！"

小猪布兰德表情严峻，认真地听着我的嘱咐。可是，亚历山大太浮躁了，哪像听进去的样子，真是没有办法！保险起见，我分别把证件别在了他们各自的背心口袋里。

另外，佩蒂托斯姑妈还为他们分别准备了一个小包裹，还有八块薄荷糖。在糖纸上，她还用心地写上了遇到危险时的应对办法。

然后，他们就一起出发了。

起初，小猪布兰德和亚历山大小跑着，走了近一英里的路。至少，小猪布兰德是这样做的。亚历山大却多走了一倍的路，因为他一路上蹦蹦跳跳，一会儿从路的这一边跳到那一边，一会儿又从路的那一边跳到这一边。另外，他还不时地拧哥哥一下，嘴里唱着：

> 这只小猪去市场，
> 那只小猪留在家，
> 这只小猪有块肉——

"看看妈妈给我们准备了什么干粮吧，布兰德？"

于是，小猪布兰德和亚历山大停下来，坐在地上，打开了各自的包裹。不久，亚历山大就三下五除二地吃完了他的那份干粮。并把自己的那份薄荷糖全吃光了。

"给我一块薄荷糖吧，布兰德。"

"可是，我想把它们保存起来，到需要的时候再吃。"小猪布兰德吞吞吐吐地说。

布兰德的话刚说完，亚历山大就尖声大笑起来。然后，他拿起钉着他的猪执照的别针，去刺小猪布兰德。小猪布兰德就用手来拍他，亚历山大不小心把自己的别针弄掉了，于是又去扯小猪布兰德的别针，结果把两份执照弄混了。小猪布兰德很生气，责备了弟弟亚历山大几句。

不过，两只小猪很快又和好了。他们一边继续向前奔跑，一边唱着：

> 有个男孩叫汤姆，匆匆忙忙在赶路。
> 你想知道为什么，原来偷了一头猪。
> 别看父亲是笛手，他却不会啥演奏。
> 曲子只会吹一首："翻过山冈去远方！"

"你们在唱什么呢，两位小绅士？谁偷了猪？——喂，你们的执照呢？"这时，一位警察走过来，喊住了他们。在街道拐角的地方，他们差点就撞上了这位警察先生。

小猪布兰德从口袋里掏出自己的执照，可亚历山大摸索了好长时间，才胆怯地递上一件东西——

"四分之三个便士，买两斤半的糖果——这是什么玩意？小家伙，这根本就不是执照啊！"

亚历山大耸了耸鼻子，吓坏了，因为他把执照弄丢了。

"我本来有一个执照的，我真的有呢，警察先生！"

"如果没有执照，他们怎么可能让你动身呢？我正好要经过农场，你先跟我回去吧。"

"那我能和你们一起回农场吗？"小猪布兰德问。

"我看不需要了，小先生。哦，你的执照是没有问题的。"

小猪布兰德不想孤身上路，何况这时又下起雨来。可他知道，和警察争论这些问题是不明智的。于是，他给了弟弟一块薄荷糖，然后目送他们渐渐走远了。

亚历山大的结局是这样的：大约到了下午茶的时间，那个警察悠闲地带着一只湿漉漉的、无精打采的小猪，来到了农场。我把亚历山大送给了附近的一户人家。他在那里生活得还相当不错呢。

小猪布兰德的心情很沮丧，独自向前走去。他走到一个十字路口，看到那里立着一个路标，上面写着："前往集镇，五英里"，"翻过小山，四英里"，"前往佩蒂托斯农场，三英里"。

小猪布兰德看了这个路标，大吃了一惊。看来，晚上到达集镇的希望已经落空了，而明天就是招工会了。唉，都怪那个不懂事的亚历山大，一路上浪费了那么多的时间！小猪布兰德忍不住叹了口气。

他看了看那条通往小山的路，又充满了希望。接着，他扣上外套的纽扣，冒雨走上了那条路。

小猪布兰德是不想去市场的。他一想到自己孤独地站在拥挤的市场上，被人们评头论足，最后被一个五大三粗的农夫雇走，心里就感到难受极了。

"我真希望自己能有一个小菜园，然后种一些土豆！"小猪布兰德嘟囔着。

他把一只手伸进一个口袋，摸了摸自己的执照；又把另一只手伸进另一个口袋，又摸了一张——啊，那是亚历山大的执照！小猪布兰德尖叫了一声，回头猛跑起来，他希望自己能赶上亚历山大和那位警察。

不幸的是，在一个转弯的地方，他走错了路。更不幸的是，他在几个转弯的地方又走错了，最后迷路了。

天黑下来了，大风呼呼刮着，树枝呜呜响着，发出一声声的叹息。

小猪布兰德惊恐极了，吓得哭起来："呜呜！呜呜！我找不到回家的路了。"

在胡乱走了一个多小时后，布兰德总算走出了树林。这时，月亮钻出了云层，把皎洁的月光洒向了大地。小猪布兰德发现，这是一个完全陌生的地方。

　　有一条小路从一片荒野穿过，下面是广阔的山谷，一条小河正在月光下泛着银光。在夜雾的笼罩下，远方的山冈隐约可见。

　　小猪布兰德发现不远处有一座小木屋，就加快步子走过去，爬了进去。

　　"我想，这大概是一间鸡舍吧，可我别无选择了。"小猪布兰德自言自语道。这时候，他浑身又湿又冷，疲惫极了。

　　"熏肉加蛋！熏肉加蛋！"一只母鸡立在鸡窝里，咯咯地叫着。

　　"陷阱！陷阱！咯咯，咯咯！"一只小公鸡被吵醒了，斥责着母鸡。

"去市场吧！去市场吧！跳着去吧。"一只待在小公鸡旁边的白母鸡咯咯地叫着，她正在孵小鸡。

小猪布兰德有些害怕，他决定天一亮就离开这里。很快，他和这里的母鸡全都睡着了。

可是，还不到一个钟头，他们都被惊醒了。鸡的主人——派伯逊先生，提着一盏煤油灯走进了小木屋。他拿着一个带盖的大筐，准备装上六只鸡，一早送到市场去。

他惊讶地说：
"喂，这里还有一
只呢！"说着，他
抓起小猪脖后的鬃
毛，把他扔进了大
筐里。然后，他顺
手抓了六只母鸡，
扔在了小猪布兰德
的身上。那些母鸡

全身脏兮兮的，而且乱踢乱叫个不停。

大筐里装着六只鸡和一只小猪，分量确实不轻啊！派伯逊先生背着他们，摇摇晃晃地走下山去。由于一路颠簸，筐里又那么拥挤，小猪布兰德几乎被母鸡们扯成碎片了！可是，他还是紧紧捂着装执照和薄荷糖的口袋，不让它们从衣服里掉出来。

最后大筐被重重地丢在厨房的地上，盖子被打开了，小猪布兰德被一只大手提了出来。布兰德抬起头，只见一个丑陋的中年男人出现在他面前。这个人看上去就不顺眼，他的嘴巴笑得那样厉害，都快要咧到两只耳朵那里去了。

"不管怎么说，这只可是自己送上门来的。"派伯逊先生说着，把小猪布兰德的口袋搜了一遍。

他把大筐推到一个角落里，然后在外面罩上一个大口袋，里面的母鸡们安静了下来。接着，他又在炉子上坐上锅，然后解开了靴子。

小猪布兰德拉过一张凳子，坐在凳子上，不安地搓着手。

派伯逊先生脱下一只靴子，把它甩到了厨房的壁板上。这时，一阵沉闷的哼哼声传过来。"闭嘴！"派伯逊先生说。

派伯逊先生又脱下一只靴子，像甩第一只靴子一样，甩到了壁板上。这时，又出现了一阵奇怪的声音。"你给我闭嘴。"派伯逊先生说。小猪布兰德感到很紧张，坐在凳子上，哆嗦了两下。

派伯逊先生从箱子里取出麦片，开始煮麦片粥。

小猪布兰德感到，在厨房的那一头，又传来了一阵不安的骚动。可是，他实在太饿了，没有理会那些奇怪的声音。

派伯逊先生一共倒了三盘麦片粥，一盘给自己，一盘给了小猪布兰德，那第三盘呢？他瞪了小猪布兰德一眼，犹豫了一会儿，将它放进柜子里，锁了起来。

小猪布兰德战战兢兢地吃完了他的晚餐。

吃罢晚餐，派伯逊先生看了看日历，然后摸了摸小猪的肋骨。从

日历上不难看出，在这个季节做熏肉已经太晚了。他真后悔，不该给小猪吃这顿饭！而且，母鸡们也已经见过这只小猪了。

派伯逊先生看了看剩下的几条可怜巴巴的熏猪肉，又犹豫不决地看了看小猪布兰德。

"喂，今天晚上，你可以睡在地毯上。"派伯逊先生最后说。

这天夜里，小猪布兰德睡得十分香甜。

第二天早晨，派伯逊先生多煮了一些麦片粥。这天的天气很不错，非常温暖。他看了看箱子里剩下的麦片，一脸的不高兴。

"你还会继续赶路吧？"派伯逊先生问小猪布兰德。

布兰德正要说话，一位邻居在大门口吹起了口哨——派伯逊先生要带着母鸡，搭他的车去市场。派伯逊先生急忙提着大筐朝门外走去。他吩咐小猪布兰德，要关好大门，不要多管闲事；否则的话——"我回来剥了你的皮！"派伯逊先生说。

这时，一个念头在小猪布兰德的脑子里一闪而过：如果自己也请求搭车，或许还来得及赶到市场呢！

可转念又一想，派伯逊先生不值得信任，还是算了吧。

小猪布兰德悠闲地吃完早餐，便在这个农舍四周看了看，这里的每样东西都上了锁。在厨房的后面，放着一桶土豆皮。于是，他吃了那些土豆皮。然后，他开始在一个水桶里洗麦片粥盘子，同时唱起歌来：

> 小汤姆的风笛声，多么的响亮。
> 所有的男孩，还有小姑娘。
> 全都跑过来，听他的演奏：
> "翻过山冈去远方！"

突然，一个微弱沉闷的声音和他一起唱道：

> 道路多么遥远啊，翻过一座座山冈，
> 风儿吹过我的头发，一路上飘飘荡荡！

小猪布兰德不再擦拭手里的盘子，静静地听着。

迟疑了好一会儿，布兰德蹑手蹑脚地走到厨房的门前，探头朝里面看。可是，厨房里并没有人啊！

又过了一会儿，布兰德走到一个碗柜前，透过锁孔闻了闻，里面非常安静。

又过了一段时间，小猪布兰德把一块薄荷糖塞到了门缝下。很快，薄荷糖被拿走了。

这一天，小猪布兰德又陆续把六块薄荷糖塞到了门缝下。当然，薄荷糖都被拿走了。

派伯逊先生回到家，发现小猪布兰德正坐在火炉前。他已经清洗好了炉灶，坐上了煮水的罐子，不过他还够不到麦片。

派伯逊先生很和蔼，拍了拍布兰德的后背。他煮了很多麦片粥，却忘了锁上装麦片的箱子。他虽然锁上了碗柜的门，可关得并不严实。这天，他早早就上床休息了，还嘱咐小猪布兰德：在第二天中午十二点之前，千万不要吵醒他。

小猪布兰德独自坐在炉火旁，吃着晚餐。

突然，不远处传来一个微弱的声音："你好，我的名字叫小猪薇姬。请你多给我一些麦片粥，好吗？"

小猪布兰德吓了一大跳，惊奇地打量着四周。

这时，一个极可爱的黑色伯克夏小猪正站在他的旁边。她长着一双亮晶晶的小眼睛，一个双下巴，还有一个翘翘的短鼻子。

她笑眯眯地看着小猪布兰德，用手指了指他手里的盘子。布兰德马上把盘子递给她，然后走向麦片箱。

"请问，你是怎么到这里来的？"小猪布兰德问道。

"被偷来的呗。"小猪薇姬的嘴里塞满了食物，含糊地说。

布兰德壮着胆子取出了麦片。

"偷来做什么呢？"

"做熏肉啊，做火腿啊！"小猪薇姬眉飞色舞地回答。

"那你为什么不赶快逃走呢？"小猪布兰德惊叫道。

"等吃完晚饭，我就走。"小猪薇姬坚决地说。

小猪布兰德煮了很多很多的麦片粥，然后害羞地看着薇姬。

薇姬吃完了第二盘麦片粥，就站起身来，看样子好像要出发了。

"现在是夜里，外面太黑了，你不能走。"小猪布兰德说。

薇姬看上去十分焦虑。

"那在白天，你认识路吗？"

"我知道，从河对岸的小山那边能看见这座小房子。小猪先生，你要走哪条路呢？"

　　"去市场的那条路——我身上有两份猪执照，我可以把你带到大桥那边。"小猪布兰德坐在凳子上，满有把握地说。

　　薇姬很感激布兰德，问了他很多私人问题，这使布兰德有些不好意思。

　　布兰德只好闭上眼睛，假装睡觉。于是，薇姬安静了下来。

　　这时一股薄荷糖的味道飘过来，小猪布兰德闻到了。

　　"我还以为，你把薄荷糖都吃光了呢！"小猪布兰德睁开眼睛，说道。

"我只吃了一点点。"小猪薇姬说。在火光的映衬下，她开始耐心地研究着糖纸上写的内容。

"我劝你不要再吃了。透过天花板，派伯逊先生可能会闻到薄荷味呢。"布兰德有些担心。

小猪薇姬很听话，把薄荷糖放回了她的口袋。

"你能给我唱支歌吗？"她请求道。

"对不起……我……我牙疼。"布兰德不好意思地说。

"那么，我来唱好了，"薇姬说，"即使我唱错了，你也不会在意吧？有些歌词我已经想不起来了。"

小猪布兰德没有反对。他坐在那里，眯起眼睛，看着薇姬。

小猪薇姬摇着头，扭动着身体，用手打着节奏，低声唱起来：

> 一只可笑的猪妈妈，
> 生活在一个猪栏里。
> 她有三只小猪娃儿，
> 哼哼哼地叫个不停！

小猪们，一起叫，

噜噜噜！噜噜噜！

　　她唱了三四段，都唱得优美动听，只是每唱一段，她的头就会低下去一点，最后她把小眼睛慢慢闭上了——

三只小猪娃儿，

长得那么瘦，

实在太瘦啦！

不知道为什么，

他们不说噜噜噜，

也不说呜呜呜！

不知道为什么，

他们不说——

　　唱到这里，小猪薇姬的头垂得越来越低，最后滚到地上，像一个小皮球，在火炉前的地毯上睡着了。

　　小猪布兰德轻手轻脚地走过去，给她盖上了一个椅罩。

布兰德怕自己睡着了，所以在后半夜，他一直坐在那里倾听蟋蟀的叫声，还有天花板上传来的派伯逊先生的鼾声。

第二天，天才蒙蒙亮，小猪布兰德便扎好小包裹，叫醒了薇姬。薇姬显得既兴奋，又有些害怕。

"可天还很黑呢，我们怎么能找到路呢？"

"公鸡已经叫过了，我们得赶紧出发，否则等母鸡吵闹起来，就会吵醒派伯逊先生。"

这时，薇姬突然坐下来，哭了起来。

"走啊，薇姬，只要我们的眼睛适应了外面的环境，我们就能看见路了。来吧，我已经听到母鸡在吵闹了！"

　　小猪布兰德生性温和，他从来没有对母鸡说过"嘘"。他记得，在那个拥挤的大筐里也是这样的。

　　布兰德悄悄地打开房门，带着薇姬走了出来。这里没有花园，派伯逊先生家周围被鸡糟蹋得不成样子。

　　两只小猪手拉手，悄悄地穿过田野，向大路走去。

　　这时候，太阳升起来了，耀眼的光芒照耀着山顶。阳光洒满山坡，渐渐向宁静的绿色山谷倾泻。在山谷里，一座座白色的小农舍偎依在花园和果园的环抱中。

"那是威斯特摩兰郡。"小猪薇姬说着，松开小猪布兰德的手，一边跳，一边唱：

有个男孩叫汤姆，匆匆忙忙在赶路。

你想知道为什么，原来偷了一头猪。

别看父亲是笛手，他却不会啥演奏。

曲子只会吹一首："翻过山冈去远方！"

"走吧，薇姬，我们必须尽早赶到大桥那里。"

"你为什么要去市场呢，小猪布兰德？"薇姬问道。

"我其实并不想去，我希望去种土豆。"

"你要一块薄荷糖吗？"薇姬问道。

小猪布兰德故意拒绝了。

"你的牙还疼吗？"薇姬又问道。

小猪布兰德低声咕哝着。

小猪薇姬吃着薄荷糖，走到小路的对面。

"薇姬！躲在墙下别动，有人在那里耕田呢！"

后来，薇姬跑过小路。他们下了山冈，走向两个郡的边界。

突然，小猪布兰德听到了一阵车轮声，就停下了脚步。

一辆马车从他们后面慢慢地赶上来。赶车的杂货商正坐在马车上，读着一张报纸；一条缰绳放在马背上。

"快把你嘴里的薄荷糖吐掉，薇姬，我们得快点跑了！什么都不要说，只管照我说的做。大桥就在我们的眼前了！"布兰德说着，几乎要哭出来了。他扶着薇姬的胳膊，装出一瘸一拐的样子向前挪着脚步。

如果不是马因为受惊退了一步，打起了响鼻，那位杂货商可能就从他们的身边走过去了。

可是，他现在停下马车，放下了马鞭。

"喂！你们要去哪儿？"

小猪布兰德站在那里，茫然地看着他。

"你是聋子吗？你们是要去市场吗？"

小猪布兰德慢慢地点点头。

"果然，被我猜中了！可集市是在昨天啊！给我看看你们的执照，好吗？"

布兰德注意到，杂货商的马抬起了后脚，马蹄中间嵌着一颗小石头。

　　杂货商轻挥了一下马鞭，问道："证件呢？小猪执照呢？"

　　小猪布兰德摸遍了口袋，终于拿出了两张纸递给他。杂货商看了看那两张纸，仍不满意。

　　"这位年轻的女士，她的名字是叫亚历山大吗？"

　　小猪薇姬张了张嘴，又把话咽回去了。

　　小猪布兰德咳起来，好像得了气喘一样。

　　这时，杂货商的手指在报纸的广告栏上飞快地移动着——"遗失、被偷或走失。如有人找回，愿以十先令酬谢。"他转过头，上下打量着小猪薇姬，心里打定了主意。这真是一笔好买卖！

　　他吹了一声口哨，向耕田的农夫打招呼。

　　"你们在这儿等着，我驾车过去和农夫说几句话。"杂货商说完，收起缰绳向农夫走去。
他知道小猪很狡猾，不
过他相信，像布兰德这
种瘸腿的小猪是跑不了
多远的！

　　"现在别跑，薇姬，
他肯定会回头看。"果
然，杂货商回头看了一
眼。两只小猪正静静地
站在大路中间。然后，他检查了一下马掌，知道马也瘸了。他到了农
夫那里，费了很长时间，才取出嵌在马掌里的小石头。

　　"现在，薇姬，快跑！"小猪布兰德小声说道。

　　再也没见过哪只猪跑得像他俩这么快！他们飞奔着、尖叫着，沿
着长长的山路，向桥头冲去。

小猪薇姬连蹦带跳、大步流星地跑着，连衬裙都被风吹得鼓了起来，一双小脚敲打着地面，"啪嗒、啪嗒"作响。

他们跑啊跑啊，一直向山下跑！他们选了一条捷径，穿过卵石河床和灯芯草之间一块平坦的草坪。

他们终于跑到了小河那里，抵达大桥边——他们手拉手，走过大桥，这下总算安全了！

两只小猪——薇姬和布兰德，翻过一座座山冈，一路跳着舞，向远方而去。

20

Appley Dapply's Nursery Rhymes

阿普利·达普利的童谣

（1917 年）

阿普利·达普利，
走来一只小棕鼠，
真呀真淘气，
溜进小房子，
打开橱柜翻东西。

小小橱柜里，
美食真不少：
除了饼干和奶酪，
还有果酱加蛋糕。
这些都是好东西，
小小老鼠最需要。

阿普利·达普利，
一对小眼转呀转，
馅饼是个大发现。

小兔姐姐注意了，
谁在这时把门敲？
嗒嗒嗒，嗒嗒嗒，
这声音你可熟悉？

躲在门后看一看，
一个人影也不见。
台阶上面有个筐，
胡萝卜，里头装。

又是谁在把门敲？
嗒嗒嗒，嗒嗒嗒。
我猜猜，我猜猜，
一定是黑兔来我家。

老刺猬先生真糊涂，
找不到针垫来插针。
黑黑的鼻子灰胡须，
路边的树桩好安身。

你认识一位母亲吗，
她在鞋子里把家安？
她生了一堆小娃娃，
整天忙得团团转。

让我想一想，
让我想一想——
既然这位母亲住鞋屋，
那她肯定是只大老鼠。

底格里·底格里·戴
维提，
　一个老头真神气，
　穿着一身黑绒衣。
　他又挖又刨忙不停，
　很快挖出个大土堆！

浓浓肉汤加土豆，
一起装入罐子里。
放进烤箱烤一烤，
香味马上出来哩。

天竺鼠，真可笑。
把头梳得乱糟糟。
这种发型可不好，
就像戴着假发套。

戴上蓝色小领结，
再把镜子仔细照，
颜色比天空还美丽。

只有两样不像话：
他的胡须有点长，
他的扣子有些大。

21

The Tale of Johnny Town-Mouse

城市鼠约翰尼的故事

（1918年）

城市鼠约翰尼出生在一个碗柜里。提米·威利出生在一个菜园里。提米·威利是一只乡下老鼠，他之所以能跑到城里，完全是一次误会——他不小心掉在了一个筐里。这里的菜农每星期都要为城里运送一次蔬菜，打包后的蔬菜被装在大筐里。

菜农把装满蔬菜的筐放在菜园的大门口，以便让搬运工人把这些蔬菜带走。提米·威利从一个小洞钻进了柳条筐，吃了一些豌豆，然后他很快就躺在那里睡着了。

当柳条筐被放在运货马车上的时候，提米·威利突然惊醒了。这时马车颠簸了一下，马蹄声"嗒嗒"地响了起来；随后，马车里又装上了一些包裹；马车颠颠簸簸，走了一程又一程。提米·威利吓坏了，他藏在蔬菜当中，不知所措。

最后，马车在一座房子前停下来。柳条筐被抬下马车，运进屋里，放到了地上。厨子送给搬运工六便士，便"砰"的一声关上了门。马车轰隆隆地走远了。可是，房子里并不安静。狗在汪汪大叫，街上传来男孩的口哨声，厨子哈哈大笑，女仆在楼梯上跑来跑去，还有一只金丝雀不断地发出像蒸汽机一样的叫声。

提米·威利自幼在安静的菜园里长大，到了这里，他几乎被吓傻了。不久，厨子打开柳条筐，把蔬菜一样样地拿出来。提米·威利更加害怕了，他不顾一切地冲出了柳条筐。

看到眼前的景况，厨子跳上了椅子，尖叫起来："一只老鼠！一只老鼠！快叫猫过来！快把我的拨火棍拿来，莎拉！"提米·威利并没有等到莎拉把拨火棍拿来，他慌里慌张地沿着壁脚板一溜小跑，发现墙角有一个小洞，就一头钻了进去。

　　提米·威利在落下半英尺的时候，恰恰掉在一群老鼠中间，他们正在举办晚宴。提米·威利一连打碎了三个玻璃杯。"你到底是谁啊？"城市鼠约翰尼问道。不过，在一声惊叫之后，他马上恢复了温文尔雅的样子。

　　约翰尼极为礼貌地将其他九只系着白餐巾的长尾巴老鼠一一介绍给提米·威利。提米·威利的尾巴很短，城市鼠约翰尼和他的朋友们都注意到了这一点。不过，他们很有教养，从不对客人说三道四。他们当中只有一只老鼠，问提米·威利是否被捕鼠器夹过。

晚宴一共有八道菜，虽然不算多，但却显得格外精致。提米·威利从没见过这些菜式，所以他在品尝的时候格外小心。可是，他实在太饿了，又想表现得有教养些，所以只好硬着头皮吃下去。楼上不断传来吵闹声，让他十分不安，慌乱中碰掉了一只盘子。

"别在意，那些声音跟我们没什么关系。"城市鼠约翰尼说。

"为什么那些小家伙还没有把饭后甜点送过来？"这里需要解释一下，有两只小老鼠是负责服侍其他老鼠的。在上菜期间，他们会不时跑到厨房打闹一阵。有那么几次，他们踉踉跄跄地跑进来，又是尖叫，又是大笑。直到后来，惊魂不定的提米·威利才弄明白，原来他们是被猫一路追来的啊！

他无心再吃下去，感到自己快晕倒了。"你想吃一点果冻吗？"城市鼠约翰尼问道。

"不想吃？你想上床休息吗？好吧，我带你去一个最舒服的地方吧，那里有一个沙发靠垫。"

沙发靠垫上有一个小洞。城市鼠约翰尼极为真诚地告诉提米·威利，那是最好的

床了，是专为客人准备的。不过，沙发上有股猫的气味。对于提米·威利来说，他更愿意在壁炉下的护栏里度过这个可怕的夜晚。

第二天，跟昨天没什么两样。早餐很丰盛——按照城市老鼠的习惯，通常要吃熏肉，可提米·威利更习惯吃菜根和沙拉。白天，城市鼠约翰尼和他的朋友们在地板下悠闲地散步，一到傍晚就大模大样地跑出去，满屋子乱窜。

　　莎拉端着茶盘下楼，不小心跌了一跤，盘子落在地上，发出很响的碎裂声。尽管猫在那里，老鼠们还是冒着生命危险抢到了一些面包碎屑、糖和果酱。

　　提米·威利想回到自己安静的家，那好比阳光堤岸上的一个温暖小窝。他很不习惯吃城里的食物，而且那些噪音吵得他无法入睡。没过几天，他憔悴了许多。城市鼠约翰尼注意到了这些，就问他到底怎么了。于是，提米·威利说出了心里话，还告诉了他很多关于菜园的故事。"听上去，那是一个很无趣的地方啊！那么，下雨天你们干什么呢？"

"赶上下雨天，我会坐在我的沙洞里，剥秋天储备的玉米和种子。在沙洞口，你可以看到草地上的画眉鸟和八哥，还有我的好朋友——知更鸟考克。等到太阳出来，你可以欣赏我花园里的花草——玫瑰、石竹花和三色堇。除了偶尔的鸟叫、蜂鸣和小羊的咩咩声，什么噪音也没有。"

"那只猫又来了！"城市鼠约翰尼惊叫起来。于是，大家躲进了煤炭储藏室。约翰尼说："我不得不承认，我有点失望。我本想让你高兴的，提米·威利。"

"哦，是的，是的，你们真的很友善，可我还是不太习惯。"提米·威利说。

"也许，你的牙齿和消化器官不适应我们这里的饮食。也许，对你来说，重返柳条筐是一个不错的选择。"

"哦？噢！"提米·威利大叫道。

"当然，在上个星期我们就可以把你放进柳条筐。"约翰尼有点失落地说，"难道你不知道，每个星期六人们都会把柳条筐送回乡下去吗？"

于是，提米·威利告别了他的新朋友，带上一块碎面包和一片甘蓝叶子，再次藏进了筐里。经历了一路颠簸，他终于安全地回到了自己的菜园。

有好几次，一到星期六，提米·威利就走到大门口，去看看那些筐，他当然不会再跳进去。可是，至今也没有谁从筐里跳出来，虽然城市鼠约翰尼答应他要来菜园拜访的。

冬天过去了，明媚的阳光普照着菜园。提米·威利坐在洞口旁，一边晒着小皮外套，一边闻着紫罗兰和小草的清新气息。他几乎忘记了自己去过城里。这时，沙路上走来一个熟悉的身影，他穿着崭新的衣服，提着一口棕色的箱子。啊，原来是城市鼠约翰尼！

提米·威利张开双臂迎接他的朋友。"你来得正好，现在是一年中最好的季节了。我们可以品尝香草布丁，还可以坐在草地上晒太阳。"

"噢！噢！这里还是有点潮湿。"城市鼠约翰尼说道，他把尾巴夹到腋下，免得沾到地上的泥巴。

"那是什么声音？简直太可怕啦！"约翰尼猛地跳起来，问道。

"那个声音吗？"提米·威利说，"那只是一头母牛在哞哞叫。我还要向她要一点牛奶呢。她们是不会伤害你的，除非你待在她们躺下去的地方。那些老朋友都好吗？"

约翰尼认为，大家还能勉强度日。接着，他向提米·威利解释，自己为什么会在这么早的季节前来拜访。原来，为了庆祝复活节，主人一家去海边度假了。厨子要做春季大扫除，主人特意叮嘱，要彻底消灭家中的老鼠，并答应给她加薪。现在，房间里有一只大猫和四只小猫，而那只大猫咬死了金丝雀。

"他们说，那事是我们干的，可我们比他们更清楚事情的真相。"城市鼠约翰尼说道，"那又是什么可怕的吵闹声？"

"那只是割草机的声音。我还要取一些刚割下来的青草，给你铺床呢。我想，你还是搬到乡下来吧，约翰尼。"

"噢，我们还是等到下星期二再说吧。当主人到海边度假的时候，蔬菜会停止运送。"

"我相信，你再也不想回城里去了。"提米·威利说。

可是，约翰尼还是
坚持回城去。当运送蔬
菜的筐再次来的时候，
他就返回了城里。他
说，乡下太安静了！

一方水土养育一方
人，谁也不能勉强谁。
对于我来说，我更喜欢
住在乡下，就像提米·
威利。

22

Cecily Parsley's Nursery Rhymes

塞西莉·琶丝莉的童谣

（1922 年）

塞西莉·琵丝莉，
住在一个围栏里，
她为绅士们酿淡啤；

绅士们，
每天都会来这里，
直到塞西莉把门闭。

鹅啊鹅，小小的鹅，
你要去哪里？
楼上楼下跑不停，
怎么来到小姐的客厅里？

一只小猪早起去市场；
一只小猪在家睡懒觉；

一只小猪煮了一块肉；

一只小猪只能吃土豆；

一只小小猪，

只会可怜地嗷嗷叫：

"我怎么也找不到回家的路。"

火炉旁坐着一位猫姑娘，你看她，看上去有多漂亮！

这时候，来了一只小小狗，他说道："猫姑娘，你在吗？"

"你好吗，猫姑娘？
猫姑娘，你好吗？"
"谢谢你，小小狗，
我过得和你一样好！"

三只瞎老鼠，

三只瞎老鼠，

看他们怎样跑！

可怕的农妇追来了，

她拿起一把小餐刀，

三根尾巴全砍掉，

你是否见过这样的事，

就像这三只瞎老鼠？

汪，汪，汪！

你是谁家的狗，这样狂？

"我是补锅匠汤姆家的狗，

汪，汪，汪！"

我们有一个可爱的小花园，
这可爱的小花园是我们的，
每天我们都来把水浇，
只盼小小花籽快发芽。

我们喜爱自己的小花园，
每天都来精心地照管它，
这里既没有一片枯树叶，
也没有一朵凋零的花儿。

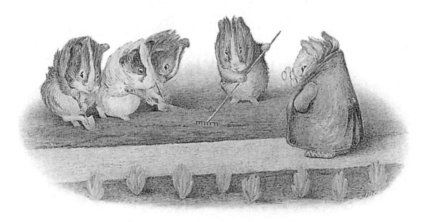

莉丽·奈丽·奈蒂可特，
穿着一件白裙子，
还有一个红鼻子——
看，她站得越长，
就变得越短啦。

23

The Tale of Little Pig Robinson

小猪鲁滨逊的故事

（1930年）

第一章

　　我在很小的时候，常去海边度假。我们住在一个小镇上，那里有一个港口，有许多渔民靠捕鱼为生。渔民们经常驾船驶向大海，撒下渔网，捕捉鲱鱼。当渔船返航的时候，有些渔民只抓了几条青鱼；而有些渔民的收获却那么多，以至于他们不能把这些鱼全部卸到码头上。这时，有些人会驾驶马车赶过来，走进浅滩，迎接满载的船只。他们站在船的一侧，用铲子把鱼铲到马车上，并把鱼带到火车站。有运鱼的火车专列等在那里，准备把鱼运往全国各地。

　　当渔船满载鲱鱼回来的时候，小镇上热闹极了。小镇上会有一半的居民从城里跑到码头，甚至包括猫。

　　有一只白色的猫，名叫苏珊。她从来没有错过迎接满载的渔船。她的主人是老渔夫山姆的妻子，名字叫贝茜。她没有儿女，又患有风湿，只有苏珊和五只母鸡和她作伴。贝茜总是坐在火炉旁，因为她的背很痛。每当往炉火中添加煤炭并搅拌锅里的食物时，她总会发出痛苦的呻吟声。

　　苏珊非常同情贝茜，她多希望自己能够代替

贝茜添加煤炭和搅拌锅中的食物啊！山姆离开家去捕鱼的时候，她们就整天坐在火炉旁，喝上一杯茶或牛奶。

"苏珊，"贝茜说，"我几乎站不起来了。你去大门那里，看看主人的船回来了没有。"

苏珊出去了，很快又回来了。她在大花园里进进出出查看了三四次。最后，在下午晚些时候，她看到捕鱼的船队从海上驶了过来。

"你到港口去，向主人要六条鲱鱼，我要用它们煮晚饭。别忘了带上我的篮子，苏珊。"

苏珊带着篮子，还借来贝茜的帽子和小格子披肩，穿在身上。我看见她匆匆忙忙地向海港走去。

其他的猫也走出来了，沿着海滨陡峭的街道，直奔海港码头而去。在这支队伍中，还有几只鸭子。我记得鸭子们戴着最奇特的顶冠，看上去像苏格兰式的宽边帽。每个人都在赶路，迎接满载的船——几乎每个人。但我遇见了一只名叫斯坦皮的狗，他去了相反的方向。他的嘴里叼着一个纸包。

有些狗是不喜欢吃鱼的。斯坦皮从屠夫那里买了一些羊排，作为自己、鲍勃、珀西和罗斯小姐的食物。斯坦皮是一只个头儿很大的黄狗，长着一条短尾巴，他办事认真，性情乖巧。他和猎犬鲍勃、小猫珀西和负责看管房子的罗斯小姐生活在一起。以前，斯坦皮的主人是一个非常富有的老绅士。而当老先生去世的时候，给他留下了一笔遗产——每星期十先令，直到斯坦皮去世。这就是斯坦皮和鲍勃、珀西都住在一座漂亮小房子里的原因。

在广阔的街角，苏珊提着篮子，遇见了斯坦皮。苏珊行了一个屈膝礼。如果不是因为有事在身，她会停下来打听珀西的情况。珀西是个瘸子，不久前一个牛奶车的车轮轧伤了她的脚。

斯坦皮用眼角的余光看了看苏珊。他向苏珊摇着尾巴，但他并没有停下脚步。他既不能低头鞠躬，也不能对她说"下午好"，因为他怕那包羊排掉在地上。他从原来的大街出来，来到了伍德拜恩小巷，他就住在那里。他推开大门，走进了房子。不久，一阵饭菜的香味飘了出来。我可以满有把握地说，斯坦皮、鲍勃和罗斯小姐已经在享用他们的羊排了。

吃饭的时间到了，珀西却不见了。原来，她已经溜出窗口，并像小镇中的其他猫一样，跑到港口去迎接渔船了。

苏珊沿着大街，匆匆走着。她在陡峭的台阶上飞奔着，这是一条通往海港的捷径。鸭子们明智地选择了另一种方式前往海港。因为台阶又陡又滑，他们的腿脚可不如猫那么灵便。苏珊轻盈地跃过一级级台阶。在高墙和房子之间，一共有四十三级台阶，那里很黑，泥泞难行。

　　绳索和沥青的气味，伴随着嘈杂的噪声从下面传上来。在台阶底部就是码头了，也就是内港用于登陆的地方。

　　这时候，海水已经退潮了。码头上没有水，那些船只停在肮脏的泥浆中。有几只船停泊在码头旁，另一些船则停泊在防波堤内。

　　在台阶附近，有两只脏兮兮的运煤船正在卸煤，矿工们称它们为桑德兰港的"马哲·道伊"和加得夫港的"珍妮·琼斯"。男人们沿着木板路，推着小车运煤。煤斗随即被起重机吊上了岸，发出剧烈震动的声音，令人听了心怦怦直跳。

　　在码头的另一侧，另一艘船名为"蜡烛·庞德"的货船，正往船上装货物。一包一包的、一桶一桶的、一箱一箱的，所有的商品都被存放到船舱内。水手和装卸工的喊声混杂在一起，链索因碰撞而叮当作响。

　　苏珊找准一个机会，挤过喧闹的人群。她看到一只装满苹果酒的木桶在半空中摇摆着，正从码头移向"蜡烛·庞德"号的甲板上。一只黄色的猫坐在桅杆上，也在看那只木桶。

绳子穿过滑轮，慢慢移动着，木桶随之下降到甲板上。一个水手站在甲板上，正等着它，他喊道："当心！当心你的头，年轻的先生！不要挡路！"

"噜，噜，噜！"一只小粉红猪哼叫着，在"蜡烛·庞德"号的甲板上惊慌地蹿来跳去。

桅杆上的小黄猫看了看粉红色的小猪，又望了望码头对面的苏珊，不住地眨着眼睛。

苏珊见船上居然有一只小猪，感到很惊讶。不过，她在赶时间，也就没理会。她沿着码头向前挤着。码头上，到处都是煤炭和起重机，男人推着小车，还有噪声和各种气味。她走过拍卖的鱼、鱼箱、鱼分拣机，还有正往桶里装鲱鱼和盐的妇女们。

海鸥俯冲下来，尖叫着。成百上千的鱼箱和数百吨的新鲜鱼被装入小货轮的货舱。苏珊很庆幸自己从人群中挤了出来。她下了台阶，来到外港岸边。不久，鸭子们也抵达这里，一个个摇头摆尾，呱呱乱叫。

老山姆的船——"贝茜·蒂明斯"号，走在鲱鱼船队的最后，它满载着鱼儿，绕过防波堤，驶入了海港。最后，渔船的船鼻直插入满是鹅卵石的海滩，停了下来。

山姆兴高采烈的，因为他这次收获不小。他和他的队友，还有两个小伙子，开始把鱼卸到大车上。由于潮水太低，船里又是鱼儿爆满，所以无法到达码头。

但是，不管是运气好还是运气差，山姆从来没有亏待过苏珊，他给苏珊扔过来几条鲱鱼。

"这是留给两个女孩和一个老小姐的，去做一顿热腾腾的晚饭吧！接住它们，苏珊！听话啊！这里还有一条破鱼，是留给你的！现在，把其他的带给贝茜。"

鸭子在海滩游弋着，吞噬着鱼儿。海鸥尖叫着，俯冲而下。苏珊带着一篮子鲱鱼，爬上台阶，沿着街道回到了家中。

老贝茜给自己和苏珊煮了两条鲱鱼，另外两条留给山姆当晚餐。然后，她来到床上，掀开衬裙，抱着一个能帮助减缓风湿的、用绒布包裹的热水瓶子，睡着了。

山姆吃完他的晚饭，抽了一袋烟，然后也去睡觉了。但是，苏珊坐在火炉边，思虑了很长时间。她回味着今天发生的事情：鱼，鸭，瘸腿的珀西，吃羊排的狗，还有船上的黄猫和小猪。苏珊觉得最奇怪的，就是在"蜡烛·庞德"号上看到的那只小猪。

这时，老鼠们偷偷地溜出橱柜门，四处张望着。炉子里的一些煤渣掉了出来。苏珊咕噜了两声，轻轻地睡着了。在她的梦里，出现了鱼和猪。她不明白，船上怎么会有猪？不过，我知道这一切！

第二章

亲爱的读者，你记得那首有关猫头鹰、小猫以及他们那艘美丽的豆绿色小船的儿歌吗？他们是如何获取蜂蜜和很多钱，并把它们裹在一张面值五英镑的钞票里的？

> 他们扬帆去远航啊，过了一年又一年，
> 来到一个陌生地方，到处长满伯格树——
> 在那密密的树林中，站着一只小胖猪，
> 只见他的鼻尖儿上，穿着一个小鼻环，
> 只见他的鼻尖儿上，穿着一个小鼻环。

现在，我就要给你讲一讲这只小胖猪的故事了，以及他来到那个长满伯格树的地方的原因。

这只小猪小时候，和两位姨妈——多克丝小姐和波克丝小姐，居住在英格兰德文郡的一座农场里，农场的名字叫皮戈瑞·波康比。他们拥有一间舒适的小茅草屋。小茅草屋坐落在一个果园中，有一条陡峭的红色小路延伸到那里。

那里的土是红色的，草是绿色的。从上方远远望去，他们可以看到红色悬崖和一小片淡蓝的海洋。在海面上，一艘艘轮船扬起白色的风帆，慢慢地驶入普利茅斯港。

我时常向别人谈起，德文郡的农场有很多怪名字。如果你到过皮戈瑞·波康比，你会认为，那里的居民也非常奇怪！多克丝姨妈是一

头身上带斑点的大肥猪，她养了很多母鸡。波克丝姨妈是一头高大的黑猪，总是笑眯眯的，她靠给别人洗衣服维生。在这个故事中，她们不是主角，所以我们不会听到太多关于她们的故事。她们过着富裕而安宁的生活，但最终的命运很可悲——被做成了熏肉。不过，她们的外甥鲁滨逊却有一段极为传奇的冒险经历。

小猪鲁滨逊长得十分可爱，有着白里透红的皮肤、蓝色的小眼睛、肥胖的小脸、双下巴、小巧的鼻子，鼻子上还穿着一只银鼻环。如果鲁滨逊闭上一只眼而眯起另一只眼，向下斜视的话，他就可以看到那只鼻环了。

鲁滨逊热爱生活，是个乐天派。他天天在农场里来来回回地撒欢，嘴里不停地哼着自己编的小调："噜，噜，噜！"

在鲁滨逊离开的日子里，两位姨妈常常因思念他而伤心落泪，尤其是想起他唱过的那些小调的时候。

"噜，噜，噜！"当别人和鲁滨逊说话的时候，他总是这样回答。

"噜，噜，噜！"当他听别人说话的时候，总是把头歪到一侧，眯起一只眼睛。

鲁滨逊的两位姨妈抚养他、宠爱他，他是那么健康活泼，总是蹦啊跳啊的，到处撒欢。

"鲁滨逊！鲁滨逊！"多克丝姨妈叫着，"快过来！我听到母鸡在咯咯叫了。去帮我拿鸡蛋吧，不要打破了！"

"噜，噜，噜！"鲁滨逊回答着，他的发音就像一个法国小绅士。

"鲁滨逊！鲁滨逊！我掉了一个衣夹，快来帮我把它捡起来吧！"波克丝姨妈叫着。她正在草地上晾晒衣服呢。她正弯着腰去够，却够不着任何东西，因为她太胖了。

"噜，噜，噜！"鲁滨逊回答。

鲁滨逊的两位姨妈都非常肥壮。在普利茅斯附近，那些用来翻越围栏的梯子都很小。行人沿着一条小路，要跨越许多农田，才能到达皮戈瑞·波康比农场。那是一条人们用鞋底踩出来的红色小路，路旁长满了青草和雏菊。从一个农场到另一个农场，肯定有翻越围栏的梯子。

"不是我太胖了，而是梯子太窄了。"多克丝姨妈对波克丝姨妈说，"如果我待在家里，你能设法从那些梯子上挤过去吗？"

"我可不能。两年前，我就做不到了。"波克丝姨妈回答。

"真气人！这都是那些搬运工的错。在集日的前一天，他把驴车弄翻了。要知道，一打鸡蛋值两英镑两便士呢！如果不跨越各个农田，改绕大路去集市，你估计要走多远的路？"

"如果是单程，要走四英里。"波克丝姨妈叹了口气，"我只有最后一块肥皂了。但无论如何，我们都应该去采购了，你说呢？听驴子说，那辆车要一周后才能修理好呢。"

"你不认为，在晚饭前去，你就可以挤过那些梯子了吗？"

"不，我不认为。我会被卡在那里，你也会的。"波克丝姨妈说。

"难道你不觉得我们该冒一次险？"多克丝姨妈开始说。

"冒一次险？你是说派鲁滨逊从小路去普利茅斯？"波克丝姨妈

接着说。

"噜，噜，噜！"鲁滨逊回答。

"我可不想让他一个人出门，尽管他的身材很合适。"

"噜，噜，噜！"鲁滨逊回答。

"但是，我们没有什么别的办法了。"多克丝姨妈说。

所以，鲁滨逊和最后一块肥皂都被放进了浴缸。姑妈们把他洗得焕然一新，然后给他穿上了一件蓝色的棉上衣和灯笼短裤，并吩咐他，带上一个购物篮，去普利茅斯市场购物。

在篮子里有两打鸡蛋、一束水仙花、两棵春天的花椰菜，还有一个果酱三明治，那是鲁滨逊的晚餐。他必须在市场上卖掉那些鸡蛋、鲜花和蔬菜，然后购买各种生活用品，带回家。

"乖孩子鲁滨逊，到了普利茅斯，你要照顾好自己。当心火药、船上的厨师、仓库、香肠、鞋、船舶和火漆。还要记得买蓝色的手提袋、肥皂、织补的羊毛线——还有什么？"多克丝姨妈说。

"织补的羊毛线、肥皂、蓝色的手提袋、酵母——还有什么？"波克丝姨妈说。

"噜，噜，噜！"鲁滨逊回答。

"蓝色的手提袋、肥皂、酵母、织补的羊毛线、甘蓝种子，这才五样，我们应该买六样啊！六比四多两个，因为计数时，手绢的四个角只能系四个小疙瘩，有两个打不上，你要记住啊。要买六样啊，第六样应该是——"

"我告诉你吧！"波克丝姨妈说，"第六样应该是茶。茶、蓝色的手提袋、香皂、织补的羊毛线、酵母、甘蓝种子，一共六样。你可以在马比先生的商店买到大多数东西。别忘了，向马比先生解释一下——搬运工的驴车翻了。鲁滨逊，告诉他，下周我们将带来一些蔬菜和洗好的衣服。"

"噜，噜，噜！"鲁滨逊回答。然后，他挎着大篮子出发了。

多克丝姨妈和波克丝姨妈站在门廊里。她们看着鲁滨逊安全地走出家门，走下田地，并通过了第一个阶梯，消失在她们的视线外。当她们回到屋里开始干家务活的时候，她们争吵不休，因为她们都放心不下鲁滨逊。

"我多希望没有让他去啊！都怪你，还有你那个讨厌的蓝色手提袋！"多克丝姨妈说。

"蓝色手提袋，可不是吗！还有你的织补羊毛线和鸡蛋！"波克丝姨妈也抱怨道，"真是怪事！那个搬运工和驴车，为什么不在赶集之前躲开那个深沟呢？"

第三章

即使从田间穿过走到普利茅斯，这仍是一段很长的路程。但是，小路一直通到山下，而且鲁滨逊一路上都很开心。一上午，他都在唱他的小调："噜，噜，噜！"他高兴极了。云雀也在他头顶唱歌呢。

天空那么蓝、那么远，白色的海鸥展翅翱翔。它们尖厉的叫声从遥远的地方传来，似乎比以往要柔和多了。高傲的白嘴鸦和活泼的寒鸦，神气活现地昂着头，走在长着雏菊和毛茛的草地上。羊羔"咩咩"地撒着欢，扭头看着鲁滨逊。

"小猪，在普利茅斯，你要小心啊！"一只慈爱的母羊提醒他。

鲁滨逊一路小跑着，直到他喘不过气来，浑身是汗，才停下脚步。他已经越过五大块田地，还有那么多的阶梯。这些阶梯包括带台阶的、带木柱和篱笆的，其中还有些是非常沉重的箩筐。当他回头张望，波康比农场已经看不见了。在他之前很远的距离，在农田和悬崖那边，就是像玫瑰墙一样的深蓝色的大海。

鲁滨逊找了一个有荫凉的地方，坐下来休息。白色的柳絮在他的头上飞舞，堤岸上长着大片报春花，空气中弥漫着苔草的温暖气味，还有湿润的泥土气息。

"如果我现在吃掉晚餐，就不用再随身带着它了。噜，噜，噜！"鲁滨逊说。

这次旅行简直把他饿坏了，除了果酱三明治，他多想再吃一个鸡蛋啊！但他没有这样做，因为他一直以来都是个好孩子。

"这样就不够两打了。"鲁滨逊说。

他摘了一束报春花，用一根多克斯姨妈给他的织补毛线的样品，把花捆了起来。

"我要在市场上卖了它们，给我自己用。我可以用自己赚来的钱买糖果。我有多少个便士呢？"鲁滨逊说着，在他的口袋里摸了摸。"一个便士是多克斯姨妈给的，另一个便士是波克斯姨妈给的，还有一个是我自己卖报春花赚的，噜，噜，噜！有人骑马过来了！我要赶快些，否则去市场会迟到的！"

鲁滨逊跳起来，沿着一个非常狭窄的梯子，把他的篮子推过篱笆。这里的小路与公共马路相连。他看到一个人骑马跑来，原来是佩伯理老先生。他骑着一匹白腿栗色马。有两只高大的猎狗跑在他的前面。两只猎狗越过篱笆，来到鲁滨逊面前。他们虽然非常高大，但看上去很友好。他们舔着鲁滨逊的脸，问他的篮子里有什么。这时，佩伯理老先生招呼他们。

"过来，派瑞特！过来，波斯特博伊！快到这里来，两位先生！"他可不想为鲁滨逊的鸡蛋付出代价。

最近，这条道路铺满了硌脚的石头。佩伯理老先生走在草地边，一边遛马，一边与鲁滨逊交谈。他是一个快活的老绅士，显得和蔼可亲，脸红扑扑的，留着白色的胡须。普利茅斯和波康比猪场之间的所有绿色田野和红色耕地，都是他的产业。

"喂，喂！你要去哪里，小猪鲁滨逊？"

"佩伯理老先生，我要去市场。噜，噜，噜！"鲁滨逊说。

"什么，只有你自己吗？多克斯和波克斯小姐在哪里？我想，她们没有生病吧？"

鲁滨逊向他解释说是那些篱笆旁的梯子太窄的缘故。

"亲爱的，亲爱的！太胖了，太胖了！所以，你要一个人去市场？为什么你的姨妈不养一条狗跑腿呢？"

鲁滨逊非常明智而礼貌地回答了佩伯理老先生的所有问题。他如此年轻，却表现得是那么充满智慧，而且还懂得很多蔬菜知识。

他几乎是在佩伯理老先生的马肚子下小跑着，一抬头就可以看到那光泽的栗色大衣、白色的肚带，以及佩伯理老先生的绑腿和棕色皮靴。佩伯理老先生很高兴与鲁滨逊交谈，他给了鲁滨逊一个便士。当他们走到石路的尽头，他收住了缰绳，用他的脚碰了碰马肚子，准备加速了。

"好了，祝你度过愉快的一天，小猪。代我向你的姨妈问好。在普利茅斯，小心照看自己啊。"他向猎狗吹了一声口哨，然后骑着马飞奔而去。

鲁滨逊继续沿着小路往前走。他在通过一个果园的时候，看到七只又脏又瘦的猪在那里觅食。他们的鼻子上可没有戴银鼻环！

在穿过大桥的时候，他没有停下脚步，隔着栏杆观看下面的小鱼。那些小鱼逆流而上，在湍急的水流中尽量保持身体平衡。当然，

他也没有停下脚步，观看在水草中觅食的白色鸭子。

在经过磨坊的时候，他代多克斯姨妈给磨坊主带了一个口信，是有关燕麦的事情。磨坊主的妻子给了他一个苹果。

在离磨坊不远的地方，有一个房子，那里传来一只很大的狗的叫声。不过，那只大狗吉普赛只是冲鲁滨逊笑了笑，还摇了摇尾巴。几辆大车跑来，超过了鲁滨逊。首先，两个老农眯着眼睛，打量着鲁滨逊。他们有两只鹅、一袋土豆，还有一些卷心菜，这些东西放在他们的马车后座上。然后，一个老太太赶着驴车经过，车上有七只母鸡，还有一大捆粉色大黄——它们生长在苹果桶下的稻草中。然后，传来了瓶瓶罐罐的碰撞声，原来是鲁滨逊的表弟——小猪汤姆，在驾驶着草莓色的小马，运送牛奶罐呢。

要不是他正好前往相反的方向，他也许会捎鲁滨逊一段路。事实上，那草莓色小马跑出家门，可没得到主人的允许。

"这只小猪去市场！"小汤姆欢快地喊着。不久，他赶着马车消失在尘埃中，将站在道路上的鲁滨逊甩在了后面。

鲁滨逊在路上走着。不久，他来到另一个篱笆台阶前。在这里，小路沿着田野伸向远方。鲁滨逊把篮子推过篱笆，他第一次感到有些担心。在这片田地上，有奶牛，还有皮毛油光发亮的大德文牛，就像当地的暗红色土壤。牛群的首领是一只凶恶的老奶牛，她的角尖上拴着黄色铜铃铛。她很不友好地盯着鲁滨逊。鲁滨逊悄悄地穿过草地，从远处的一个台阶穿过篱笆——他以最快的速度穿了过去。在这里，有一条被行人刚踩出的小路。他走过一片绿色小麦地。这时，有人"砰"的放了一枪。伴随着一声巨响，鲁滨逊吓得跳了起来，摔破了多克斯姨妈放在篮子下的一颗鸡蛋。

一大群白嘴鸦和寒鸦从小麦地惊起，尖叫着，飞上高空。许许多多的噪声在普利茅斯镇响起来：火车的汽笛声，货车车皮的撞击声，车间的噪声，小镇的嘈杂声，轮船进港的汽笛声，在高空盘旋的海鸥发出的嘶哑叫声，榆树林中的白嘴鸦的争吵声。古老而又年轻的普利茅斯小镇，出现在鲁滨逊面前。

最后，鲁滨逊走出田地，加入了步行和赶车的队伍，和大家一起涌进普利茅斯市场。

第四章

普利茅斯是一座很美的小镇，它位于比斯泰河的河口地带。比斯泰河缓缓流动，慢慢汇入由红色海角环抱的海湾。看上去，小镇似乎在向山间盆地滑着，最终滑入普利茅斯海港，而码头和外防洪堤则形成了港口屏障。

跟其他海港一样，普利茅斯小镇的市郊也是乱糟糟的。在小镇西部的落后地区，主要居民是山羊和那些做废铁、破布、油绳和渔网生意的人。在铺满鹅卵石的海滩上，处处是扯好的绳子，洗好的衣物挂在绳子上，随风摆动。海草、海螺壳和死螃蟹掺杂在地上的垃圾里——这和波克丝姨妈在干净的青草地上挂着的一排排衣物比起来，真是天壤之别啊！

在这里的船具商店里，摆着望远镜、长雨衣、防水帽和洋葱。因此，这里充满了各种各样的气味！那些高大的工棚很怪异，好像岗亭一样。在那里，人们晒着用来捕捉鲱鱼的渔网，房子里充满嘈杂的谈话声。看起来，这些工棚更适合做家具仓库。

鲁滨逊走在小路中间。这时，有人把头探出酒店的窗户，向鲁滨逊大叫："进来吧，小胖猪！"鲁滨逊一听，立刻跑开了。

走进普利茅斯小镇，给人的感觉是干净、舒适和别具一格，一切都那么有条理（这里跟港口可一点儿也不一样）。不过，这里的街道很崎岖，向下倾斜的坡度很大，如果鲁滨逊让多克斯姨妈的鸡蛋沿着小镇的大街滚下去，它一定会从头滚到尾，只不过它免不了会撞到台阶上，或者是被人们踩在脚下。由于是赶集日，街道上人来人往，真热闹啊！

走在赶集的人流里，有人很可能会被挤出人行道。在这里，鲁滨逊遇到很多老太太，她们都带着和他类似的大篮子。在大车行走的主道上，有装满鱼的手推车，有装满苹果的手推车，有卖陶器和五金制品的货摊，有装着公鸡和母鸡的小马车，有挂着箩筐的驴子，还有载满干草的大车。从码头驶过来的煤车，接连不断地从街上穿过。对于像鲁滨逊这只在乡下长大的小猪来说，各种噪声早已使他头昏脑胀，而且心里充满恐惧。

鲁滨逊始终高昂着头，直到走进福尔大街。在这里，牲畜贩子的狗正在将三头小公牛赶进牛栏。这不，斯坦皮和镇上的大多数狗都赶来帮忙了。鲁滨逊和另外两只带着篮子的小猪急忙跑进一条小巷，躲在一个大门口。直到牛的叫声和狗的"汪汪"声平息下去，他们才走出来。

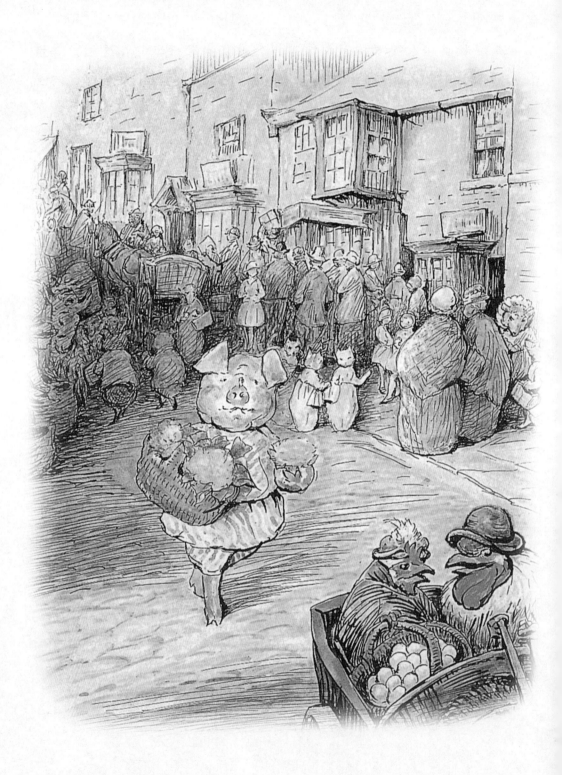

　　最终，鲁滨逊鼓足勇气，重新走回了福尔大街。他决定紧跟在一头驴子的身后，因为他看到这头驴子驮着的箩筐里装满了花椰菜，这样他就会找到通向市场的路了。当然，已经耽搁了这么长时间，当他听到教堂里的大钟敲了十一下的时候，一点也不感到奇怪。

　　市场在十点钟就已经开市了，但现在仍有很多顾客在买东西，而且还有不少打算购物的顾客不断地涌进大厅。购物大厅有一个玻璃穹顶，大厅里宽敞明亮，通风也很好，使人感觉十分愉快。大厅内非常拥挤，但跟外面铺满鹅卵石的街道相比，那里充满碰撞和吵闹，而这里就安全、舒适多了。不管怎么说，这里没有被车轮碾轧的危险。现在，大厅里充满了嘈杂的声音，有人在大声叫卖他们的商品，顾客们在货摊四周挤来挤去。在货架的木板上，摆放着各种乳制品、蔬菜、鱼和贝类。

　　在山羊南尼卖滨螺的摊位旁，鲁滨逊找到了一个可以站脚的地方。

"卖食用螺了，卖食用螺了！看看了，看看了！咩咩咩！"南尼高声叫卖着。

南尼只卖食用螺，所以她并不介意鲁滨逊在她旁边卖鸡蛋和报春花。至于那些花椰菜，她还从来没见过呢！鲁滨逊认为，他应该把花椰菜放在柜台的篮子里。然后，他站在柜台后面的空箱子上，大大方方地高声叫卖着："鸡蛋，新鲜的鸡蛋！最新鲜的鸡蛋喽！快来买我的鸡蛋和水仙花啊！"

"我买，是真的，"一只长着短粗尾巴的棕色大狗说，"我要买一打呢。罗斯小姐派我来市场，就是专门来买鸡蛋和黄油的。"

"非常抱歉，我没有黄油，斯坦皮先生。不过，我有很新鲜的花椰菜。"鲁滨逊说着，把篮子摆在柜台上，然后小心地看了看南尼，因为她很可能会偷吃花椰菜。这时，南尼正在用一个白色量杯量海螺，她的主顾是一只戴着苏格兰便帽的鸭子。

"除了一颗碎了之外，这些棕色的鸡蛋是多么可爱啊！我想，街道对面的白猫姑娘正在卖黄油——多么鲜嫩的花椰菜啊！"鲁滨逊说。

"我要买一棵花椰菜，亲爱的。这是你家菜园里自产的蔬菜吗？"老贝茜急匆匆地走过来，说道。现在，老贝茜的风湿好多了，她出门的时候，吩咐苏珊看家。

"不，亲爱的，我不买鸡蛋，因为我自己养着母鸡呢。我要买一棵花椰菜，还要买一束水仙花，插在花瓶里。"贝茜说。

"噜，噜，噜！"鲁滨逊回答。

"帕金斯太太，快来这里啊！看，这个货摊上只有这只小猪在卖货！"

"哦，我还没看见呢！"帕金斯太太叫了一声，从人群中挤了过去。在她的身后，还跟着两个小姑娘。

"哦，我从没见过这种事！这些鸡蛋，都是最新产的吗，小家伙？它们不会像怀恩多特太太的鸡蛋那样，突然炸开，把我的礼服都弄脏了吧？她的鸡蛋在第五届花展上得了第一名，可后来那些鸡蛋炸开了，弄

脏了裁判的黑丝绸礼服。不会是鸭蛋吧，故意染上了一层咖啡色？那都是花展上搞的骗人把戏！新产的鸡蛋，你敢保证吗？你说什么，有一颗打破了？好了，我认为你的确是个诚实的孩子。哦，油煎鸡蛋也不错嘛。我要买一打鸡蛋和一棵花椰菜，谢谢。看啊，莎拉·波利！看，他的银鼻环。"

莎拉·波利和她的小女伴见状，"咯咯"地笑起来。鲁滨逊羞得满脸通红。他是个非常羞涩的孩子。有一位女士想要买他的花椰菜，他都没有注意到，直到她拍了拍他的肩膀。现在，篮子里除了一束报春花，所有的东西都卖光了。两个小女孩在开心地笑过后，又在一起低声耳语了几句，然后走过来，要买那束报春花。她们付给鲁滨逊一块薄荷糖，还有一个便士。鲁滨逊接受了，却高兴不起来，而且面色凝重起来。

出问题了！他刚卖掉那束报春花不久，发现自己把波克丝姨妈提供的织补毛线样品也一起卖掉了。他犹豫着，该不该把毛线要回来呢？可是这时候，帕金斯太太、莎拉·波利和她的小女伴已经消失在人群中，不见了。

鲁滨逊卖完了货，嘴里含着一块薄荷糖，走出了市场大厅。这时，还有不少人走进市场大厅。鲁滨逊走下大厅的台阶时，一只老绵羊正迈上台阶。他们擦肩而过，鲁滨逊的篮子突然挂住了老绵羊的披巾。鲁滨逊赶忙解开篮子上的披巾，这时斯坦皮走了出来。他已经顺利购物完毕，他的篮子里沉甸甸的，装满了东西。斯坦皮是一只忠实可靠、责任感很强的大狗，他是那么善良，总是乐于帮助别人。

鲁滨逊向斯坦皮打听，去马比先生家该走哪条路。斯坦皮听了，马上说道："我回家正好经过那条大街。跟我来，我告诉你怎么走。"

"噜，噜，噜！哦，谢谢你，斯坦皮！"鲁滨逊说。

第五章

老马比先生是一个戴眼镜的聋子。他开了一家杂货店，里面的商品几乎应有尽有，只要是你能想到的，当然除了火腿——这种经营方式令多克斯姨妈非常满意。这是普利茅斯小镇上独一无二的杂货店，在这里你看不到柜台上摆着一只大盘子，里面放着一根根令人讨厌的暗灰色香肠，也不会看到天花板上挂着熏肉卷。

"哪有什么快乐可言？"多克斯姨妈伤感地说，"当你刚走进一家商店，脑袋却先撞上一根火腿，哪还有什么快乐可言？那根火腿，很有可能就是你的远房表兄弟的腿。"

因此，两位老姨妈总是光顾老马比先生的杂货店，购买糖、茶叶、蓝袋子、肥皂、长柄锅、火柴和杯子等。

老马比先生卖掉所有东西，如果没有库存，他就会根据订单去进货。不过，酵母是个例外。酵母要求保持高度的新鲜，所以他不卖这种东西。他建议鲁滨逊到一家面包房去问问。他还告诉鲁滨逊，现在买甘蓝种子已经太晚了，人们已经种完了所有该种的蔬菜。另外，鲁滨逊还记得要买织补用的精纺毛线，却忘了要买的毛线颜色。

鲁滨逊用自己挣的钱，买了六根香甜可口的黏麦芽糖。

马比先生带给多克斯姨妈和波克丝姨妈的口信是这样的：下星期，等驴车修好后，他们会将一些甘蓝送到农场；还有，水壶至今还没修好；另外，他很想向波克丝姨妈推荐一种新熨斗。

鲁滨逊一边听着，一边说："噜，噜，噜！"

小狗蒂普金斯站在柜台后的一张凳子上，系好装杂货的蓝纸袋，低声问鲁滨逊："今年春天，你们农场的谷仓里有老鼠吗？你在星期六下午一般做什么呢？"

"噜，噜，噜！"鲁滨逊回答。

鲁滨逊挎着重重的篮子，走出马比先生的杂货店。虽然麦芽糖很好吃，令他感到很愉快，但是他没有买到织补的毛线、酵母和甘蓝种子，因而感到非常烦恼。他焦急地环顾四周，这时老贝茜又出现了。

贝茜大声地说道："愿上帝保佑这只小猪吧！你怎么还没有回家？快，你必须赶快离开普利茅斯，要不你的口袋会被人掏光的！"

鲁滨逊告诉贝茜，他丢失了织补的毛线样品。善良的老贝茜准备帮助他。

"哦，我注意到那毛线样品了。它系在一小束报春花上，是蓝灰色的，就像上次我给山姆织的那双袜子的颜色。来，你跟我去毛线商店——弗利西·弗洛克的毛线商店，我记得那种颜色，我记得清清楚楚！"贝茜说。

弗洛克太太嘛，就是鲁滨逊刚才撞到的那只老绵羊。她买了三个芜菁，就直接从市场回了家，因为担心自己的商店锁了门，顾客就不会光顾了。

哦，这家商店该怎么形容呢？真是混乱不堪啊！各种颜色的毛线——粗毛线、细毛线、手织毛线、编织地毯的毛线，一捆一捆地堆

在一起。在毛线堆里，弗洛克太太简直什么也找不到。她很糊涂，找东西又慢，看得老贝茜心里不由得起急。

"不，我不想买织拖鞋的毛线。我要的是织补毛线，弗利西！织补毛线，颜色和我给山姆织袜子的毛线颜色一样。哦，我的上帝，不是织毛线的针！是织补毛线！"

"你说是白色的，还是黑色的？是三股线的吗？"

"哦，我的天啊！我要的是灰色的织补毛线，不是杂色的！"

"我肯定把它们放在某个地方了，"弗利西·弗洛克焦急地说，她把线捆全翻乱了，"今天早上，西姆·拉姆来过，把我的商店全弄乱了！"

用了半个小时，弗利西才找到鲁滨逊要的那种毛线。如果不是贝茜和他一起来，鲁滨逊是绝对买不到这种毛线的。

"天已经晚了，我该回家了。"贝茜说，"山姆说，他今天回家吃晚饭。如果你听我的话，可以把这个沉甸甸的篮子先放在格德芬齐斯小姐那里，然后快去买你的东西。你返回皮戈瑞·波康比的农场，要走很长一段路呢！"

鲁滨逊按照老贝茜的建议，急忙向格德芬齐斯小姐家走去。他路过一家面包房，就想起他还要买酵母。

真不走运，这并不是一家专门的面包房。店里飘出一股诱人的烤面包味，橱窗里陈列着面粉糕饼。看样子，这是一家小吃店或一家小饭馆。

鲁滨逊推开旋转门，只见一个腰扎围裙、头戴白色方帽的男人转过身，对鲁滨逊说道："喂！这是一个用后腿走路的猪肉馅饼吗？"四个坐在餐桌旁的男人听了，发出一阵粗鲁的大笑。

鲁滨逊急忙从这家小店走出来。他吓坏了，再也不敢走进任何一家面包房了。他胆战心惊地看着大街上的每扇窗户，这时斯坦皮再次看到了他。斯坦皮已经把采购的东西送回家去了，他这次跑出来另有新任务。他叼起鲁滨逊的篮子，把带他到一家很安全的面包房。他常到这里给自己买狗饼干，因此知根知底。在这里，鲁滨逊买到了多克丝姨妈的酵母。不过，他没有买到甘蓝种子。他们打听到，唯一可能买到甘蓝种子的地方在码头附近，那是一对小鸟开的小店。

"很遗憾，我不能陪你一起去了。"斯坦皮说，"罗斯小姐扭伤了脚，她派我去买十二张邮票，我必须把邮票给她送回家，否则邮件就不能准时发出了。不要带着沉甸甸的篮子在台阶上跑来跑去，你最好把它放在格德芬齐斯小姐那里。"

鲁滨逊很感激斯坦皮。两位格德芬齐斯小姐开着一家小客栈，客人在这里可以喝茶和咖啡。多克丝姨妈和那些喜欢清静的赶集人经常来这里休息。小客栈的大门上挂着一块招牌，上面画了一只名叫"心满意足的金丝雀"的小绿鸟，这就是咖啡店的名字。这里有一个马厩，一到星期六，搬运工驴子会把洗好的衣物驮到普利茅斯，那时驴子就在这里歇歇脚。

鲁滨逊看上去非常疲惫，大格德芬齐斯小姐递给他一杯茶。两位小姐都劝他立刻将茶喝下去。

"噜，噜，噜！哟，哟！"茶水烫了鲁滨逊的鼻子，他叫起来。

格德芬齐斯家的两位小姐虽然很尊敬多克丝姨妈，但是她们不赞成姨妈派鲁滨逊出来买东西。她们认为，这个篮子对于鲁滨逊来说太重了。

"我们谁都提不动这个篮子，"大格德芬齐斯小姐说着，伸出小爪子，"去买你的甘蓝种子吧，买完赶紧回来。正好，西姆·拉姆的双轮小马车还停在我们的马厩里。如果你在他动身前赶回来，我敢肯定他会让你搭车的。他会在座位下空出一块地方，放你的篮子——他正好路过皮戈瑞·波康比农场呢。现在，你快跑吧！"

"噜，噜，噜！"鲁滨逊说。

"她们是怎么想的？怎么可以让他自己出来呢？天黑之前，他肯定赶不回家了。"大格德芬齐斯小姐说，"快飞到马厩去，克拉拉。告诉西姆·拉姆的小马，鲁滨逊没有回来之前不要走啊。"

克拉拉小姐飞到院子里去了。原来，格德芬齐斯姐妹是两只勤劳、欢快的小鸟。她们把方糖、荷花种子和茶叶放在茶叶罐里，把桌子和瓷器擦得一尘不染。

第六章

普利茅斯处处都是旅店，真是太多了！农夫们总是把他们的马牵进"黑公牛"或"马和兽医"两家旅店，那些小商贩却习惯住在"猪和口哨"旅店。

有一家旅店，名叫"王冠和铁猫"，位于大街的拐角。这里是水手们喜欢光顾的地方。这时，几个水手把双手插在口袋里，正在旅店大门附近散步。其中一个水手，身穿蓝色运动衫，正悠闲地穿过街道，目不转睛地盯着鲁滨逊。

他说："喂，小猪！你喜欢鼻烟吗？"

这时，鲁滨逊犯了一个错误，那就是他不会拒绝别人。甚至对一只正在偷鸡蛋的刺猬，他也不会说"不"。对一只小猪来说，鼻烟或烟草都会使他感到恶心。所以，他应该说："不，谢谢你，先生。"然后赶紧走开，去做他该做的事。可是，他在那里站着，一只眼睛半闭着，把脑袋歪到一边，"哼哼"起来。

水手掏出一个角质鼻烟盒，捏了一小撮鼻烟递给鲁滨逊。鲁滨逊用一块纸将鼻烟包起来，打算把它送给多克斯姨妈。为了表示礼貌，他回赠了这位水手一些麦芽糖。

鲁滨逊对鼻烟丝毫不感兴趣，他的这位新朋友却并不拒绝糖果。他吃了不少呢！然后，水手扯着鲁滨逊的耳朵，恭维他，夸他有五层下巴。水手承诺带鲁滨逊去卖甘蓝种子的商店。他还希望有幸带鲁滨逊去参观一艘运输生姜的货轮，这艘货轮就是"蜡烛·庞德"号，船长叫巴纳巴斯·布彻。

鲁滨逊不喜欢这个名字，因为这让他想起了牛脂、猪油、熏肉以及"噼啪"声。不过，他还是跟着水手向前走去。他怯笑着，尽力踮起脚尖，走在路上。鲁滨逊还不知道——这个人就是轮船上的厨师！

他们从大街拐进一条陡峭而狭窄的小巷，向海港走去。这时，老马比先生站在他的商店门口，正焦急地大声喊着："鲁滨逊！鲁滨逊！"可是，路上的马车噪声太大了！有一位顾客走进商店，分散了老马比的注意力，他一时忽略了那个水手的可疑举动。否则，作为多克丝姨妈的老朋友，他会立即吩咐他的狗蒂普金斯，赶快把鲁滨逊找回来。其实，鲁滨逊失踪不久，他就向警察提供了有用的线索。不过，那时已经太晚了。

鲁滨逊和他的新朋友走下一段台阶，来到港口的码头——那些台

阶又高又陡又光滑。小猪鲁滨逊不得不一级一级向下跳，直到水手拉住他的手。他们手拉手，沿着码头向前走，显得非常开心。

鲁滨逊很兴奋，不住打量着周围。从前，他乘驴车来普利茅斯，也看到过那些台阶，可他从不敢从台阶上走下来，因为这里的水手非常粗鲁，他们往往让凶猛的小猎狗看守他们的船只。

许多船只停泊在港口，这里的吵闹声和忙乱与集市广场不相上下。有一艘名叫"戈德洛克斯"的三桅大船，正卸下一批柑橘。离码头稍远的地方，停着一艘名为"小波·皮普"的双桅横帆船，正在一包包地装船，包里是来自尤汉普顿和拉姆沃西的羊毛。

老西姆·拉姆长着一个弯弯的大犄角，系着铃铛，他正站在舷梯旁统计羊毛的包数。起重机旋转一次，一根绳索就会降下来，通过滑轮，往货仓里卸下一包羊毛。老西姆·拉姆每点一下头，铃铛就会"丁零零"地响起来，他的嘴里也随之发出粗哑的叫声。

他很快认出了鲁滨逊，这时他应该提醒鲁滨逊。他经常赶着双轮马车，路过皮戈瑞·波康比。可是，他那只瞎眼却转向了码头。此时，他很激动，心烦意乱。他刚刚为了吊上船的羊毛究竟是三十五包还是三十四包，跟轮船上的事务长大吵了一架。

他用那只能看得清东西的眼睛认真地盯着羊毛，按木签上的痕迹统计数字——又一包——又一个痕迹——三十五，三十六，三十七。他希望，最终统计数字是对的。

他的短尾牧羊犬——提莫斯·吉普，也认识鲁滨逊。不过，提莫斯·吉普当时正在忙着看两条狗打架，一条狗是运煤船"马乔里·道"号上的艾尔戴勒猎狗，一条是"戈德洛克斯"号上的西班牙狗。没人注意到这两条狗的狂吠，最后他们都从码头的一侧滚下来，掉进了水里。

鲁滨逊一步不离地跟着水手，拉着他的手。

"蜡烛·庞德"号是一艘大型纵帆船，新刷过油漆，船上悬挂着某个标志，而鲁滨逊并不明白它的含义。这艘轮船停泊在码头的末端。这时，潮水迅速上涨，海浪拍击着船舷，把轮船固定在码头上的粗缆绳绷得直直的。

船长巴纳巴斯·布彻正在指挥船员们，将货物装入货仓，并用绳子将它们捆好。船长很瘦，长着褐色皮肤，声音沙哑。他动作笨拙，爱发牢骚。他评论某件事的声音，在码头上都能听到。这时，他正在谈论有关拖船"海马"号——关于春潮、稍后的东北风——面包店的人和新鲜蔬菜——"在11点钟准时装船，否则……"他突然停下来，目不转睛地看着厨师和鲁滨逊。

鲁滨逊和厨师踏过一个木板，摇摇晃晃地上了船。鲁滨逊踏上甲板后，发现在他的对面站着一只大黄猫——他正在给靴子打黑鞋油呢。

一看到鲁滨逊，那只猫就吃惊地跳起来，放下鞋刷子，赶紧向鲁滨逊使眼色，做鬼脸。鲁滨逊从没看过猫有这种表情，于是他问猫是否生病了。这时，厨师拿起一只靴子，砸向那只猫。猫向上一蹿，爬上了缆绳。随后，鲁滨逊在厨师的热情邀请下，走下船舱，去享受松

饼和松脆的圆饼了。

也不知鲁滨逊吃了多少松饼。总之，他不停地吃着，最后睡着了。鲁滨逊沉沉地睡着。突然，他的凳子猛地一晃，将他掀下去，滚到了桌子底下。

这时，船舱地板的一侧成了天花板，天花板的另一侧又变成了地板。盘子四处乱飞，叫喊声、击打声、链条撞击声和其他声音，吵成一片。

鲁滨逊爬起身，发现自己被撞伤了。他沿着梯式楼梯爬上甲板，不由得发出一阵尖叫。在他的眼前，轮船完全被绿色海浪包围着，码头上的房屋好像是一些玩具小屋。在高大的陆地上，有着红色峭壁和绿色原野。鲁滨逊远远地看到了皮戈瑞·波康比农场，不过它看上去还不如一张邮票大。果园里有一小块白色的东西，那是波克丝姨妈把洗好的衣物摊开在草地上漂白的地方。不远处，黑色拖船"海马"号冒着烟，摇摆颠簸着。他们正在收回"蜡烛·庞德"号放下去

的缆绳。

巴纳巴斯船长站在纵帆船的船头，向拖船的船长大声呼喊。水手们也大声呼喊，一起用力扬起船帆。轮船侧倾着，迎着海浪奋力驶去，空气中弥散着大海的气息。

至于鲁滨逊呢——他在甲板上跑来跑去，好像发了疯，不停地尖叫着。有两次，他跌倒在甲板上，因为甲板倾斜得很厉害。他爬起来，继续跑，一直不停地跑着。渐渐地，他的尖叫平息下去，变成了歌声。他一边继续奔跑，一边唱着：

> 可怜的小猪，鲁滨逊·克鲁索！
> 他们为什么要这么做？
> 他们把他放在海上，
> 放在一艘可怕的船上，
> 可怜的小猪，鲁滨逊·克鲁索！

水手们大笑着，眼泪都流出来了。不过，当鲁滨逊把同一节歌词唱了五十遍左右，又从几个水手的裤裆下冲来冲去的时候，他们开始感到厌烦。甚至，船上的厨师对鲁滨逊也不客气了，不但不客气，简直是非常粗鲁。他说，如果鲁滨逊不立刻停止用他的鼻子唱歌，就会被剁成猪排。

最后，鲁滨逊昏倒在地，直挺挺地躺在"蜡烛·庞德"号的甲板上。

第七章

别以为鲁滨逊在船上会受到虐待。恰恰相反，在"蜡烛·庞德"号上，他甚至得到了更好的食物和更多的宠爱，比他在养猪场的待遇强多了。前几天，他由于思念慈善的老姨妈而烦恼（尤其是当他晕船的时候），可是现在，鲁滨逊已经喜欢上这里了。他发现了不晕船的窍门，那就是在甲板上蹦蹦跳跳地跑来跑去。可是现在，他变得过于肥胖，以至于懒得去跑了。

厨师总是乐此不疲地为他煮粥。整整一大袋谷物和一大袋土豆，似乎全是为鲁滨逊准备的。他想吃多少就可以吃多少，只要他愿意。他最喜欢在吃饱之后，躺在温暖的甲板上休息。当船驶入南方温暖的海域时，他变得越来越懒了。大副把他当作宠物，船员给他各种美食。厨师揉了揉他的背部，在他的两侧抓了抓。他的肋骨已经无法感觉到搔痒了，因为他长了这么多的赘肉。只有那只黄公猫和船长，拒绝跟他说笑话，船长可是一个脾气暴躁的人。

　　猫对鲁滨逊的态度令人费解。显然，他不赞成鲁滨逊吃太多的玉米粥，并神秘地告诉他，贪食以及有关过度放纵会带来灾难性结果。但他并没有说明，可能是什么样的结果，因为猫自己不爱吃黄色的玉米粉和那些精美的食物。因此，鲁滨逊认为他的警告可能是出于偏见。其实，猫的提醒是一种友好的表示，出自一种不祥的预感。

　　那只猫失恋了。他的乖僻和悲观沮丧，有一部分原因是来自他与猫头鹰分别的结果。那只甜蜜的母鸟，那只来自拉普兰的雪白的猫头鹰，跟随一艘北方的捕鲸船去了格陵兰。而"蜡烛·庞德"号呢，却驶向了热带海域。

　　因此，这只猫对他的职责总是心不在焉，而且和厨师的关系搞得很紧张。他不再为船长擦黑皮靴，也不再服侍他。无论白天还是晚上，他都待在帆绳上，在月光下唱小夜曲。有时，他也会来到甲板上，劝鲁滨逊几句。

　　猫从没明确地告诉过鲁滨逊，他不应该吃那么多的原因。但是，他常常向鲁滨逊提到一个神秘日期（鲁滨逊从来没记住过）——这个日期就是布彻船长的生日，每年的这一天他都要举办一场丰盛的晚宴来庆祝。

　　"他们储存苹果，就是出于这个原因。那些洋葱完蛋了——因为天太热，洋葱已经发芽了。布彻船长告诉过厨师，只要有苹果酱，洋葱就没必要放了。"

　　这些话，鲁滨逊都没有放在心里。现在，他和猫正在船边观看船下的一群游鱼。因为没风，轮船停在那里，一动不动。厨师穿过甲板，悠闲地走过来，看猫在干什么。当他看到这么多鲜鱼，不禁惊喜地大叫起来。

　　不久，一半的船员都开始在甲板上钓鱼了。他们用鲜红的毛线和一点儿饼干做鱼饵。水手长却用一枚闪亮的扣子做鱼饵，竟然钓到了很多鱼。

　　用扣子钓鱼，美中不足的就是：当鱼被拉上甲板时，会有很多鱼掉回大海。所以，布彻船长允许船员将大船上的小艇放下去。于是，水手们从被称为"吊艇柱"的铁架上解下小艇，放到了像玻璃镜子一样平静的海面上。五位水手上了小艇，猫也跟着跳下去。他们一钓就是好几个小时，海上没有一丝风。

　　猫不在甲板上，于是鲁滨逊就躺在温暖的甲板上，安静地睡着了。后来，他被大副和厨师的声音吵醒了，他们并没有去钓鱼。

　　大副说："我可不爱吃被太阳烤黑的猪腰。厨师，把他弄醒，要不扔一块帆布给他盖上。我是在农场长大的，什么都知道，猪是绝不能在烈日下睡觉的。"

　　"为什么？"厨师问道。

　　"会中暑，"大副回答道，"还会把他的皮肤烤焦，使他脱皮。那样的话，就会损坏烤猪脆皮的品相。"

　　这时，一块沉重、肮脏的帆布扔下来，盖在了鲁滨逊身上。鲁滨逊在帆布下挣扎着，嘴里发出不满的"噜噜"声。

　　"他听见你的话了吗，大副？"厨师低声问。

　　"不知道。不过没关系，他下不了船。"大副说着，点燃了他的烟斗。

"这可能会影响他的食欲，他一直吃得很好。"厨师说。

不久，船长巴纳巴斯·布彻的声音传过来。他在船舱里睡了一个午觉，然后走上了甲板。

"到主桅杆上去，根据经纬度，用望远镜观察一下地平线。按航海图和罗盘的指示，我们现在应该到达群岛了。"布彻船长说。

船长那嘶哑的声音透过帆布，传到了鲁滨逊的耳中。可是，大副没有执行这个命令，在没有旁人的时候，他偶尔会顶撞船长。

"我脚上有个鸡眼，非常疼呢。"大副说。

"让那只猫上去。"布彻船长命令道。

"那只猫，正在下面的小艇上钓鱼呢。"

"快去把他找回来。"布彻船长不禁火冒三丈，"他已经有两周没给我的靴子擦鞋油了！"

船长走下梯子，走回了他的船舱，继续计算经纬度，寻找群岛的方向。

"希望他在下周四前改好他的脾气，否则他就没法尽情享用烤猪肉了！"大副对厨师说。

他们走在甲板的另一头，去看人们钓到了多少鱼。这时，小艇正在返回大船。海上风平浪静。在夜间，小艇就留在平静的海面上，系在"蜡烛·庞德"号船尾的一个舷窗下。

猫带着一架望远镜，被派到了桅杆上。他在桅杆上待了一会儿。下来之后，他没有汇报真实的情况。他说，他没看到任何东西。那天晚上，"蜡烛·庞德"号没有安排专人守望或侦察，因为海面上很平静。不过就算派人去守望，也顶多会派那只猫去。

船上有很多人在玩纸牌。猫和鲁滨逊没有玩。猫注意到，帆布下有什么东西在微微抖动着。原来是鲁滨逊正吓得全身发抖，还不停地掉眼泪。他听到了有关猪肉的话题。

"我敢保证，我已经提醒过你了。"猫对鲁滨逊说，"你就不仔细想想，他们为什么饲养你？现在，别再嚎叫了，你这个笨蛋！如果你

听我的，不再哭了，那么事情很容易解决，就像吸鼻烟一样容易。你会划船吧？"（鲁滨逊偶尔也会划船去钓鱼，还抓过几只螃蟹呢。）

"好了，你不需要划得太远。我爬桅杆时，看到了 N.N.E 岛上的其他船只。跟我来，照我的吩咐去做！"那只猫说。

猫为了无私的友谊，另一方面出于对厨师和巴纳巴斯·布彻船长的仇恨，他决定帮助鲁滨逊。猫搜到了各种各样的必需品：鞋子、火漆、一把小刀、一张扶手椅、钓具、一顶草帽、一把锯子、捕蝇纸、一个煮土豆的罐子、一架望远镜、一个水壶、一个罗盘、一把斧头、一桶面粉、剩余的谷粉、一桶淡水、一个玻璃杯、一把茶壶、一些钉子、一个水桶、一把螺丝刀……

"我想起来了！"猫说着，就带着一把手钻绕过甲板，在轮船携带的另外三只小艇上钻了三个大洞。

这时，一些声音从船舱内传来。一些水手手气太坏，不想再打牌了。因此，猫急忙向鲁滨逊道别。他把鲁滨逊推到轮船的一侧，然后鲁滨逊就顺着缆绳滑到了下面的小艇上。猫解开缆绳，扔给了鲁滨逊。最后，他攀上绳索，装作在守望时睡着了。

鲁滨逊跌跌撞撞地走到船桨边，坐了下来。对于划船，他的腿是短了一些。这时，布彻船长在船舱里停止了发牌，他手拿一张牌，静静地听着（厨师趁机偷看了一下船长手里的牌），随后他继续甩下那些牌，而甩牌声掩盖了船桨划破海面的声音。

又打了一圈牌，两个水手走出船舱，登上甲板。他们看到远处的海面上有一个黑东西，好像一只黑甲虫。其中一个水手说，那只是一只用后腿划水的巨大蟑螂。另一个人说，那不过是一头海豚。两个人渐渐争论起来，而且嗓门很大。在厨师发牌时，布彻船长见自己手里一张王牌也没有，就把牌一甩，走上了甲板，对两位水手说："把我的望远镜拿过来。"

啊，望远镜不见了。而且，他的鞋子、火漆、罗盘、土豆罐、草帽、斧头、钉子、水桶、螺丝刀和扶手椅，都不见了。

"乘小艇去看看，那个东西到底是什么。"布彻船长命令道。

"我的天啊，小艇被划跑了！"一个水手惊叫道。

"解开另一只小艇，把另外三只小艇都解开。这一定是猪和猫干的好事！"船长咆哮着。

"不完全对，先生，那只猫正在桅杆上睡觉呢。"

"该死的猫，快把猪找回来！不然，那些苹果酱就白费了！"厨师尖叫着，他气得手里挥舞着一副刀叉，跳来跳去。

吊艇柱被移开，小艇被放下水，发出"嗖嗖"声，海面上溅起了一片水花。水手们摇摇晃晃地登上了小艇，拼命地向前划去。不过，很快他们又不得不拼命地划回了"蜡烛·庞德"号。原来每只小艇都漏水了，而且水灌得很厉害。

哈，这都是托那只猫的福！

第八章

　　终于，鲁滨逊划着小艇逃出了"蜡烛·庞德"号。他紧握着船桨，因为船桨对于他来说实在太重了。

　　太阳逐渐消失在地平线下，但我知道在热带地区——虽然我从没到过那里——海面上会出现一种粼光。当鲁滨逊摇起船桨，一颗颗晶莹闪亮的水珠就像钻石一样，从船桨的边缘滚落下去。不一会儿，月亮露出了地平线——好像半个巨大的银盘，升上了夜空。

　　鲁滨逊靠在船桨上休息，并凝视着那艘双桅船。在月光下，双桅船停泊在宁静的海面上，一动也不动。这时候——大概他已经划出了四分之一英里的时候——两位水手登上甲板，开始猜想：前方的那个

东西——鲁滨逊的小艇，是不是一只正在游动的甲虫？

鲁滨逊已经驶离大船很远了，已经看不到"蜡烛·庞德"号的影子，也听不到那艘船上的声音了。不过，他很快就察觉到：有三只小艇，正在后面追赶他呢！他发出一声恐惧的尖叫，然后拼命向前划去。可是，在他还没有用尽全身力气的时候，三只小艇又返回了大船。

这时，鲁滨逊想起那只猫用钻头做了一件好事，立刻就明白那几艘小艇一定是全部漏水了。

这天晚上，鲁滨逊静静地划着船，非常放松。他没有一丝一毫的睡意，凉爽的空气吹拂着他的脸庞，他感到非常愉快。第二天，天气非常热，鲁滨逊躺在一张帆布下，睡得很踏实。那只猫考虑问题可真仔细，他让鲁滨逊带着这张帆布，好用来搭帐篷。

鲁滨逊看到双桅船慢慢向后退去——我们都知道，大海其实是有弧度的。首先，鲁滨逊看到船体消失了，然后是甲板，再后来是部分桅杆，最后他什么都看不到了。

开始，鲁滨逊是依靠那只大船来确定航向。现在，他失去了方向标，只能回头观察他的罗盘——这时候，小艇颠簸了两下，撞到了沙滩上，不过幸运的是，它并没有搁浅。

在小艇上，鲁滨逊站起身子，一边摇着船桨向后划，一边观察着四周的情况。可是，他只能看到一些树梢！

过了半个小时，鲁滨逊将小艇划到了一个开阔而肥沃的岛屿附近。他用最安全的方法，把小艇驶入一个隐蔽的海湾。

一股小溪奔涌着，从这里流到银色的海滩上。海岸边铺着一层牡蛎，树上结满了又酸又甜的小果子。这里有许多的山药——那是一种甘薯，可以煮熟了吃。面包树上，长满了凉丝丝的蛋糕和松饼，等着有人来烘烤。看到这些食物，小猪再也不用为失去麦片粥而伤心了。在他的头顶上方，是耸入云端的高大蓬树。

如果你想更详细地了解这个岛的情况，可以去读一读《鲁滨逊·克鲁索》这本书。这个蓬树岛很像克鲁索的那个岛屿，不，它只会比那个岛更美。话虽如此，我可从来没有去过那里。我是根据猫头鹰和小猫波塞的汇报，才了解到那里的情况的。他们去那里拜访小猪已经是十八个月之后的事情了，而且他们在那里度过了一个愉快的蜜月。他们兴奋地说起那里的气候——不过，对一只猫头鹰来说，那里有些太热了。

后来，斯坦皮和小狗蒂普金斯也去看望过鲁滨逊。他们发现鲁滨逊生活得很幸福，而且身体好极了。鲁滨逊再也不想回老家了。据我所知，他仍然会在那个岛上生活下去。他越长越胖，越长越胖，长成了一个最胖的胖子。不过，你不必担心，"蜡烛·庞德"号上的厨师再也找不到他了！

24

Three Little Mice

三只小老鼠

三只小老鼠，
坐在洞里纺纱。

一只猫咪过来了，
偷偷往洞里张望。

"你们在做什么呢，可爱的小不点儿？"

"我们正在为绅士们做外套呢。"

"让我进去帮你
们剪线头，好吗？"

"噢，算了吧。猫
小姐，如果那样的话，
你会咬掉我们的头！"

25

狡猾的老猫

有一只狡猾的老猫，邀请一只老鼠参加茶会。

这只老鼠穿上他最喜欢的衣服，走下地下室的台阶。茶会就设在厨房里。

"你好啊，老鼠先生。
请你坐在这把椅子上吧！"
老猫说。

"我要先吃点儿抹黄油的面
包。"老猫接着说，"至于你嘛，
哎呀，你只能吃一些剩面包渣
了，老鼠先生！"

"这样对待客人,简直太没有礼貌了!"老鼠先生心想。

"现在,我该为自己倒一杯茶了。"老猫说,"至于你嘛,舔一舔奶罐里剩下来的奶滴,也就足够了。最后,我还要吃一些甜甜的小点心。"她又补充说。

"我想，我也会成为她的甜点，被她吃掉的。唉，我多么希望自己当初没有答应她来参加这个茶会啊！"可怜的老鼠先生心想。

老猫抱起奶罐，喝了个底朝天——多么贪婪而吝啬的家伙啊！看来，她连一滴奶也不想留给老鼠先生。

就在这时，老鼠先生一跃而起，扑上餐桌，猛地拍了一下奶罐。哈，奶罐立刻套在了老猫的脑袋上！

老猫慌了神，她的头上套着奶罐，在厨房里四处乱窜。

老鼠先生坐在餐桌上，慢慢地喝了一杯茶。

然后，他把一块松饼装进一个纸袋，不慌不忙地走出了厨房。

回到家里，老鼠先生狼吞虎咽地吃下了整块松饼，这就是老鼠的结局。

至于那只老猫嘛，她套着奶罐，撞到了餐桌腿上——砰的一声，奶罐碎了一地。这就是老猫的下场。

26

The Fox and The Stork

狐狸和鹳鸟

　　"先生,"狐狸托德对鹳鸟说,"您愿意和我一起喝杯茶吗?"

　　鹳鸟弯下腰,礼貌地鞠了一躬,答应了。他跟着托德先生,向托德家走去。鹳鸟迈着长腿,大步流星地走着,托德先生则是一路小跑。

托德先生是个吝啬鬼。他想，鹳鸟先生身材这样高大，胃口也小不了，不禁有些后悔邀请他来喝茶了。不过，托德先生想出一条妙计。

他对鹳鸟先生说："每次待客，为了表示敬意，我都会用我可敬的祖母留下来的那套德比茶具。"说完，他把茶水倒在两只浅浅的茶碟里。

鹳鸟先生把长长的嘴放进茶碟里，可他连一滴茶也吸不上来。

不过，鹳鸟先生什么也没说。过了一会儿，他鞠了一躬，起身告辞了。托德先生则把茶碟里的剩茶舔了个一干二净。

托德先生心里很清楚，自己的做法一点儿也不光彩。可是，令他感到意外的是，他收到了鹬鸟先生请他共进午餐的请柬。

鹬鸟先生的家可真高，在一座非常高大的老房子的烟囱顶上。

托德先生可没法飞到高高的屋顶上啊！不过，鹳鸟先生从屋顶上下来了，来到院子里迎接他。鹳鸟先生带着他，走进老房子，登上了旋转楼梯。

真令人开心啊！当他们刚一走上阁楼，就闻到了一股浓浓的肉汤味。哈，肉汤已经出锅了，装在两只长颈水瓶里。

鹳鸟先生把长长的嘴伸进水瓶，津津有味地喝起了肉汤。托德先生呢，只能咂巴咂巴嘴，闻闻肉汤的香味了。

　　过了一会儿，托德先生站起身，告辞了。

　　鹳鸟先生喝光了所有的汤，把长长的嘴从水瓶里收回来。他是一只少言寡语的鸟，做事一向老成持重。他只说了一句话："对待卑鄙小人，就要以眼还眼、以牙还牙！"

27

小兔子的圣诞晚会

客人们纷纷赶来了。

晚宴开始了。

开始跳舞。

接下来，玩摸瞎子的游戏。

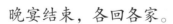

围着炉火，吃烤苹果。

晚宴结束，各回各家。